Treasures for Scholars Worldwide

師顧堂叢書

蔣鵬翔 沈楠 編

增廣司馬温公全集

一

〔宋〕司馬光 著

广西师范大学出版社
GUANGXI NORMAL UNIVERSITY PRESS
·桂林·

Zengguang Sima Wengong Quanji

出 品 人：賓長初
策劃編輯：馬豔超
責任編輯：馬豔超
助理編輯：劉　揚
責任校對：肖承清
責任技編：郭　鵬
書籍設計：楊　威

圖書在版編目（CIP）數據

增廣司馬温公全集：全 4 册 / （宋）司馬光著. —影印本. —桂林：廣西師範大學出版社，2020.1
（師顧堂叢書）
ISBN 978-7-5598-2245-1

Ⅰ. ①增… Ⅱ. ①司… Ⅲ. ①中國文學—古典文學—作品綜合集—北宋 Ⅳ. ①I214.412

中國版本圖書館 CIP 數據核字（2019）第 219998 號

廣西師範大學出版社出版發行
（廣西桂林市五里店路 9 號　郵政編碼：541004
網址：http://www.bbtpress.com）
出版人：黄軒莊
全國新華書店經銷
常州市金壇古籍印刷廠有限公司印刷
（常州市金壇區晨風路 186 號　郵政編碼：213200）
開本：880 mm × 1 240 mm　1/32
印張：54.75　　插頁：8　　字數：1768 千字
2020 年 1 月第 1 版　　2020 年 1 月第 1 次印刷
定價：588. 00 元（全四册）

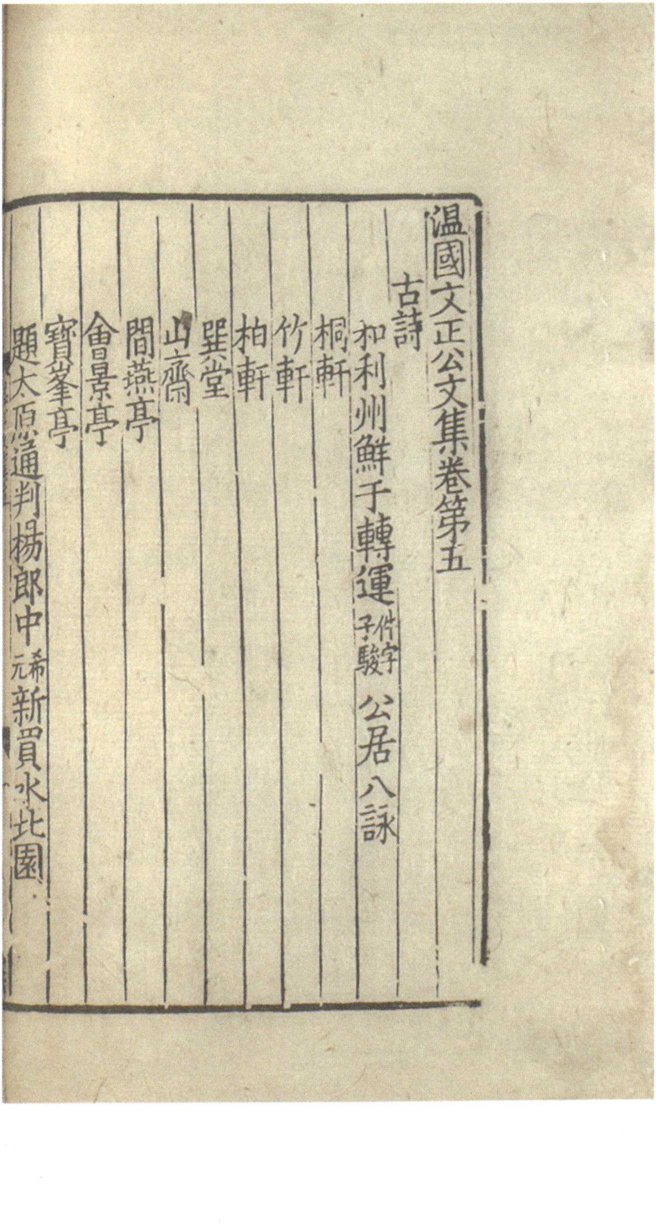
温國文正公文集卷第五

古詩

和利州鮮于轉運侁字子駿公居八詠

桐軒

竹軒

柏軒

罣堂

山齋

閒燕亭

會景亭

寶峯亭

題太原通判楊郎中希元新買水北園

温國文正公文集　南宋早期浙刊修補後印本（中國國家圖書館藏本，圖片取自第一批國家珍貴古籍名録圖録）

增廣司馬溫公全集卷一

手録

迩英留對録

迩英讀資治通鑑録

迩英論利口録

吕惠卿講咸有一德録

迩英留對録

是日光講資治通鑒賈山上疏言秦皇帝居絶滅之中不自知事因言從諫之美拒諫之禍晏子和同水火醯醢塩梅皆相反之物宰夫齊其不及以泄其過若羹以鹹復濟以塩酸復濟以梅何可食也曰尹成太

增廣司馬溫公全集　南宋紹興間蘄州刊修補後印本（日本國立公文書館内閣文庫藏本）

司馬太師温國文正公傳家集卷第一

古賦

交趾獻奇獸賦 嘉佑三年月二十七日上

皇帝御天下三十有六載化洽於人德通於神邇無不協遠無不臻粤有交趾来獻麒麟其爲狀也熊頸而鳥蠋豨首而牛身犀則無角象而有鱗其力甚武其心則馴蓋遐方異氣之産故圖諜靡得而詢於是降軺車之使發旁縣之民除塗於林嶺之隘引舟於江淮之濱曠時月而涉萬里然後得入覲手中震與夫雕題卉服之士南金象齒之珍歘萦闉而至入充彤庭而並陳於是羣公卿士百僚庶尹儼然垂紳薦笏旅進而稱曰陛下功冠邃古化侔儀極恭象神祇嚴

欵

司馬太師温國文正公傳家集　明謏聞齋鈔本（中國國家圖書館藏本）

司馬太師温國文正公傳家集卷第一

古賦

交趾獻奇獸賦 嘉祐三年八月二十七日上

皇帝御天下三十有六載化洽於人德通於神邇無不協遠無不臻粤有交趾来獻麒麟其為狀也熊頸而鳥噣豨首而牛身犀則無角象而有鱗其力甚武其心則馴蓋遐方異氣之產故圖諜靡得而詢於是降軺車之使發旁縣之民除塗於林嶺之隘引舟於江淮之濱嘽時月而涉萬里然後得入覲乎中宸與夫雕題卉服之士南金象齒之珍款紫闥而坌入克

司馬太師温國文正公傳家集　明鈔本（韋力芷蘭齋藏本）

司馬太師温國文正公傳家集卷第一

古賦

交趾獻奇獸賦 嘉祐三年六月二十七日上

皇帝御天下三十有六載化洽於人德通於神通無不協遠無不臻粤有交趾來獻麒麟其爲狀也熊頸而鳥喙豨首而牛身犀則無角象而有鱗其力甚武其心則馴蓋遐方異氣之產故圖諜靡得而詢於是降輶車之使發旁縣之民除塗於林嶺之隘引舟於江淮之濱曠時月而涉萬里然後得入覲于中宸與夫雕題卉服之士南金象齒之珍款紫闥而坌入充

司馬太師温國文正公傳家集　明中期刊黑口本（日本國立公文書館內閣文庫藏本）

司馬太師温國文正公傳家集卷第一

十六世孫祉輯梓

十七世孫暐 晰 校閲

古賦

交趾獻奇獸賦 嘉祐三年八月二十七日上

皇帝御天下三十有六載化洽於人德通於神邇無不恊遠無不臻粵有交趾來獻麒麟其爲狀也熊頸而鳥噣豨首而牛身犀則無角象而有鱗其力甚武其心則馴盖遐方異氣之產故圖諜靡得而詢於是

司馬太師温國文正公傳家集 明萬曆十五年司馬祉刊本（中國國家圖書館藏本）

司馬温公文集卷一

山右督學使吳時亮元亮甫發刻

平陽府知府劉餘祐

平陽府推官白　縕

夏　縣知縣王彦葵仝發刻

平陽府教授譚文化仝訂

制詔一

殿前都指揮使節度使加宣徽南院使制 限二百字

汝上

成

司馬温公文集　明崇禎元年吳時亮刊清康熙十八年蔣起龍修補後印本（中國國家圖書館藏本）

司馬文正公傳家集卷第一

後學桂林陳弘謀重訂

古賦

交趾獻奇獸賦 嘉祐三年八月二十七日上

皇帝御天下三十有六載化洽於人德通於神邇無不協遠無不臻粵有交趾來獻麒麟其爲狀也熊頸而烏噣犛首而牛身犀則無角象而有鱗其力甚武其心則馴葢遐方異氣之產故圖諜靡得而詢於是降軺車之使務旁縣之民除塗於林嶺之隘引舟於江淮之濱曠時月而涉萬里然後得入覲于中宸與夫雕題卉服之士南金象齒之珍款紫闥而坌入充彤庭而並陳於是

司馬文正公傳家集　清乾隆六年陳弘謀刊本（美國哈佛大學哈佛燕京圖書館藏本）

司馬文正公集卷之一　平陽徐　昆后山

涂水喬人傑漢三重訂

濩澤張　鋕心鐫

制詔

殿前都指揮使節度使加宣徽南院使制（限二百字以上成）

國家選果毅之材以守衛中禁委謹信之士以敷揚大猷自非忠力冠倫識畧高世折衝厭難（厭者壓也鎮壓寇難使之銷靡也）外可以任牙爪之官諭志布和內可以受腹心之寄則何以克叶民望無曠天工在茲詳求固匪輕授爰發休命誕告明庭具官某心通武經材應時用以禮樂慈愛爲制勝之

司馬文正公集　清乾隆十年劉組曾刊乾隆五十五年喬人傑等重訂本（中國國家圖書館藏本）

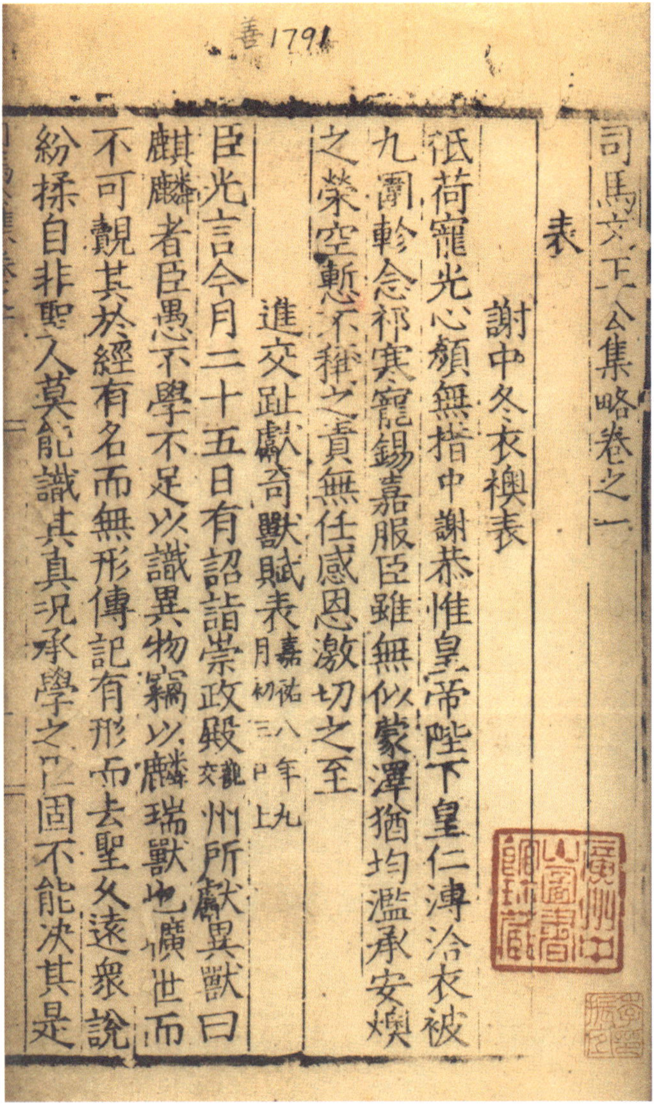

司馬文正公集略卷之一

表

謝中冬衣襖表

祗荷寵光心顔無措中謝恭惟皇帝陛下皇仁溥洽衣被九圍軫念祁寒寵錫嘉服臣雖無似蒙澤猶均濫承安燠之榮空慙不稱之責無任感恩激切之至

進交趾獻奇獸賦表嘉祐八年九月初三日上

臣光言今月二十五日有詔詣崇政殿觀交州所獻異獸曰麒麟者臣愚不學不足以識異物竊以麟瑞獸也曠世而不可覩其於經有名而無形傳記有形而去聖久遠衆說紛揉自非聖人莫能識其真況承學之臣固不能決其是

司馬文正公集略 明嘉靖四年吕柟刊本（廣東省立中山圖書館藏本，圖片取自廣東省第一批珍貴古籍名録圖録）

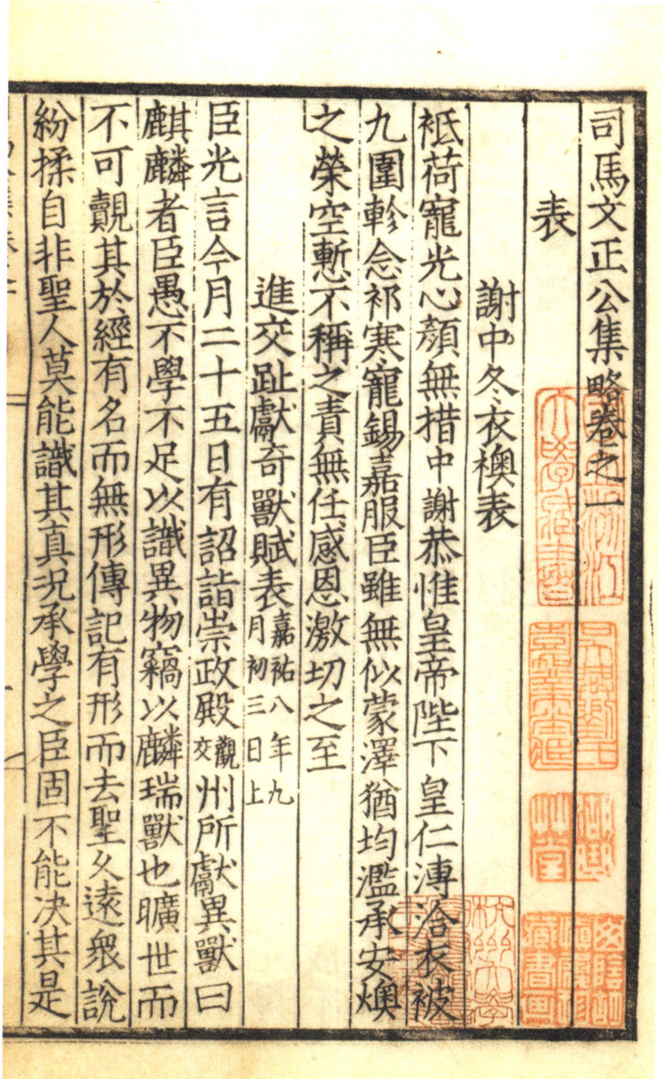

司馬文正公集略卷之一

表

謝中冬衣襖表

祇荷寵光心顏無措中謝恭惟皇帝陛下皇仁溥洽衣被九圍軫念祁寒寵錫嘉服臣雖無似蒙澤猶均濫承安燠之榮空慙不稱之責無任感恩激切之至

進交趾獻奇獸賦表 嘉祐八年九月初三日上

臣光言今月二十五日有詔詣崇政殿觀交州所獻異獸曰麒麟者臣愚不學不足以識異物竊以麟瑞獸也曠世而不可覿其於經有名而無形傳記有形而去聖久遠衆說紛揉自非聖人莫能識其真況承學之臣固不能決其是

司馬文正公集略　明嘉靖十八年俞文峰刊本（浙江大學圖書館藏本，圖片取自浙江大學圖書館藏善本圖録）

師顧堂叢書編纂委員會

叢書編委

蔣鵬翔　沈楠
喬秀岩　張麗娟　史睿　吴飛　華喆　蘇枕書　董婧宸

本書編輯（按姓氏筆畫爲序）

沈楠　張琦　崔涉　董岑仕　蔣鵬翔

師顧堂據宋蘄州本景印原書框高一七四毫米寬一二一毫米

影印説明

增廣司馬温公全集一百十六卷，宋司馬光撰，據日本内閣文庫藏宋刊本影印。此本存九十五卷並目録一卷，闕卷三至九、四十八至五十三、六十一至六十八，凡二十一卷；又闕卷十七第五葉、卷四十三第三葉、卷四十七第八葉、卷一百六第五葉，凡四葉。

司馬光（一〇一九—一〇八六），字君實，號迂叟，陝州夏縣（今山西省運城市夏縣）人，北宋著名政治家、史學家，歷真、仁、英、神、哲宗五朝，官至尚書左僕射兼門下侍郎。年六十八薨，贈太師、温國公，謚文正。光平生著作甚富，其目具載本書卷一百十五蘇軾所撰行狀：

有文集八十卷、資治通鑑三百二十四卷、考異三十卷、歷年圖七卷、通曆八十卷、稽古録二十卷、本朝百官公卿表六卷、翰林詞草三卷、注古文孝經一卷、易説三卷、注繫辭二卷、注老子道德論二卷、集注太玄經八卷、大學中庸義一卷、集注揚子十三卷、文中子傳一卷、河外諮目三卷、書儀八卷、家範四卷、續詩話一卷、遊山行記十二卷、醫問七篇。

光之文集於北宋晚期已經刊印，但不久即遭毁板。宋會要輯稿刑法二載宣和五年（一一二三），宋徽宗下詔：

中書省言，勘會福建等路近印造蘇軾、司馬光文集等。詔今後舉人傳習元祐學術以違制論，印造及出責者與同罪，著爲令。見印賣文集，在京令開封府，四川路、福建路令諸州軍毁板。

南宋時期，司馬光文集屢經刊版。現知最早者，爲紹興二年（一一三二）福建路提刑司長官劉嶠刊本，凡八十卷。此閩中初刻本已佚，今中國國家圖書館藏有南宋早期浙江重刊修補本，題名「温國文正公文集」（以下簡稱「文集」）。此本半葉十二行，行二十字。書前有紹興二年劉嶠序及紹興三年進書表。據劉序及郡齋讀書志，知文集底本乃司馬光生前自加編次之稿本。光身後，稿本歸晁説之。南渡後，晁氏轉授與謝克家，最後由其委託劉嶠鏤板行世。文集分二十八門，編排有致，其目如下：卷一古賦，卷二至五古詩，卷六至十五律詩，卷十六至五十五章奏（謚議附），卷五十六制詔，卷五十七表，卷五十八至六十三書啓，卷六十四至六十五序，卷六十六至六十七記（傳附），卷六十八銘、箴、頌、原、説、述，卷六十九贈、諭、訓、樂詞，卷七十至七十一論，卷七十二議辯、策問，卷七十三史贊評議、疑孟，卷七十四史剡、迂書，卷七十五至七十九碑誌，卷八十祭文。時人吕頤浩就評價説：「温公文集編次甚工。」吕忠穆集卷四與劉仲高書，仲高乃劉嶠字。

淳熙十年（一一八三），司馬光從曾孫伋於泉州公使庫重刊其文集八十卷，題爲「司馬太師温國文正公傳家集」（以下簡稱「傳家集」）。據朱熹資治通鑑舉要例後序記載，泉州舊有光文集書板，以其「漫滅而不可讀」，司馬伋「乃用家本讎正，移之别板」。晦庵先生朱文公文集卷七十六。此次刊刻，伋「欲昌其家學，凡言書出於司馬公者，必鋟梓而行之，而不審其爲時人傳會也」。胡三省通鑑釋文辨誤後序。此本所收之奏彈王安石表即僞作，伋不能察，宜乎爲洪邁所笑。容齋五筆卷九擒鬼章祝文。嘉定十六年（一二二三），司馬光玄孫遵知武岡軍，出泉本傳家集重刊，未成而罷去。後任應謙之接續，於次年刊成。今泉本、武岡本皆已亡佚，唯古文舊書考著録明鈔本，半葉十行，行二十字，此本今歸韋力芷蘭齋。島田翰云出自淳熙泉本；而中國國家圖書館藏明鈔本傳家集半葉十一行，行二十六字左右。後有泉本校正官銜名及應謙之、陳冠二跋，蓋自武岡本抄出。泉本、武岡本而外，宋刊傳家集尚有光州本一百卷，直齋書録解題著録，今亦不傳。北京大學圖書館藏有清鈔本司馬溫國公傳家集一百卷，半葉九行，行二十字。内容全同於八十卷本，僅卷帙多分出二十卷，且每卷卷首皆書「宋原本鈔較」，則極有可能自光州本抄出。明清以來，傳家集屢經刻版，大行於世，其著名者，有明中期刻黑口本、半葉十行，行二十字。萬曆十五年（一五八七）司馬祉邵武府刻本、崇禎元年（一六二八）吳時亮平陽府刻八十二卷司馬溫公文集本、據司馬祉本重編。清乾隆六年（一七四一）陳弘謀培遠堂刻本。

與文集相較，傳家集雖仍爲八十卷，但篇卷分合有異：卷一古賦，卷二至五古詩，卷六至十五律詩，卷十六制詔，卷十七表，卷十八至五十七章奏，卷五十八至六十三書啓，卷六十四至六十五論，卷六十六議、辯、銘、箴、頌、贊，卷六十七評、原、說、述、贈、諭、訓，卷六十八至七十序，卷七十一記，卷七十二傳，卷七十三題跋、疑孟、史剡，卷七十四迂書，卷七十五格、策問、樂詞，卷七十六至七十八誌，卷七十九碑、行狀、墓表、哀辭，卷八十祭文，凡三十七門。分「議」「辯」，剖「記」「傳」，出「贊」於「史贊評議」之中，摘「題跋」於「記」和「碑誌」之外，剔「序」中之格一首，割「碑誌」爲「誌」「碑」「行狀」「墓表」「哀辭」五類，凡增九門，分類更爲細緻，篇次也多有變動。至於篇數，傳家集於「古詩」「律詩」各闕二十餘首，而於「表」「書啓」則皆多出十首左右，餘同文集。另外，傳家集有題注四百餘條，相比於文集之區區五十餘條，亦爲顯著之差異。再者，傳家集傳世各刊本書前皆有劉隨序，此序實爲劉嶠序之「公出於去聖數千歲之後」至「無所不備」一段，國圖藏明鈔本不載。而古文舊書考著録本書前則有劉嶠序及進書表，今章力芷蘭齋藏本無。故島田翰推定傳家集乃自文集翻出。然二本關係究竟如何，尚待考定。

傳家集之外，宋元至明初另有傳家續集流傳，永樂大典卷一三四六二。曾加徵引，今已佚。

除文集和傳家集兩大類外，宋史藝文志還著録「全集一百十六卷」。明清以來，海内未見全集流傳。一九九二年，李裕民於日本内閣文庫發現增廣司馬温公全集以下簡稱「全集」。並詳加介紹，此本纔廣爲國内學界所知。全書分爲二十册，今佚去第二、十、十二凡三册。每册首葉鈐有「昌平坂學問所」「淺草文庫」「日本政府圖書」三印，第一、三册書前還蓋有「進侯長昭廣受書室鑒臧圖書之印」。全書之末有日本文化五年（一八〇八）市橋長昭所作寄藏文廟宋元刻書跋。以無中國人印章，知此本流入日本甚早。此本經市橋長昭寄藏文廟，隨後收入昌平坂學問所，遞經淺草文庫、内閣文庫收藏至今。

此本目録前有司馬温公全集序，題「朝奉郎邛州司録事賜緋魚袋黄革譔」。全書左右雙邊，半葉十二行，行二十字，唯卷五十八爲半葉十行，行十八字，另有少數卷帙的首末葉爲半葉十一行。版心白口，樣式不一：中上部標書名卷數，題「温××」，其上刻黑魚尾；中下部題葉數，葉數上多有順黑魚尾；底部記刻工姓名，刻工名上間或有魚尾。板片字數或失載，或鎸於上魚尾之上，或鎸於葉數之下、刻工姓名之上，而陰陽文不定。全集避諱不嚴，避「憼」「驚」「殷」等，而不避「桓」「構」「慎」諸諱。書末刻有銜名兩行：「右迪功郎蘄州司理參軍武師禮監印／右迪功郎蘄州防禦判官蔣師魯監印」。迪功郎分左右，在南宋唯紹興、乾道間爲然，錢大昕十駕齋養新録卷十「階官分左右」條。如此則全集當刊於南宋早期。此本版面多有漫漶，部分已經修補。初版刻工有詹元、陳通、江清、又作江青。文立、又作文中立。吴永、魏正、余才、施光、葉明、孫右、許和、林選、何中、郭良、余全、郭章、余益、裴慎、何卞、余文、余表等，修版刻工有文廣、仲、柒、先、吴、詹祥、夆、「夆」即「舉」。陳明、程忠等。初版刻工多活動於紹興年間，參與過龍舒本王文公文集、南宋早期刊本白氏六帖事類集以及淮南西路轉運司本史記集解的刊刻，其中的詹元更是荆湖北路名工，刊刻過紹興十八年（一一四八）荆湖北路安撫使司本建康實録。根據銜名及刻工，可以確定此本爲紹興間蘄州刊修補後印本。另外，全書書前還抄有劉隋司馬温公文集序一葉，學者考證當是抄自群書考索〔一〕。

據黄革序，此本之底本乃蘇軾撰司馬光行狀時於其家所得之迂叟集稿本，後經蘇軾表侄遞藏，而爲黄革

〔一〕王小婷由劉嶠・劉隋（隨）序管窺司馬光別集的版本關係，文獻二〇一四年第四期。

友人杜傳道所得。杜氏大概以書肆之本爲底本，用所得稿本「增舊補遺」，並對此增補書肆本「重加編輯」，然後主持刊刻，成此增廣司馬温公全集。稿本蓋有殘闕，故全集所收詩文較文集和傳家集爲少。全集編次頗爲雜亂，難覓規律，其目如下：卷一至五手録，卷六至八稽古録，其中卷七至八題曰「論」。卷九策問，卷十至二十一律詩，卷二十二至二十四雜詩，卷二十五至二十七、二十九古詩，卷二十八歌行曲謡致語、致語即文集之樂詞。樂章，卷二十九古賦，卷三十至三十四章疏，卷三十五至八十七奏議，卷八十八至九十四書，其中卷九十至九十四題曰「樂書」。卷九十五至九十六序，卷九十六劄子御批，並卷九十七表、啓，卷九十八啓狀手書，卷九十九記，卷一百雜著，卷一百一疑孟、史剡，卷一百二迂叟日録、即迂書。卷一百三至一百五日録，卷一百六詩話，卷一百七、一百十傳，卷一百八祭文、哀辭，卷一百九挽詞，卷一百十至一百十四墓誌，卷一百十五至一百十六附録，計專著四種、詩文二十五門、附録兩卷，凡三大部分。

專著部分，稽古録和詩話均見於蘇軾所撰行狀。手録和日録原爲日記備忘之類，所以行狀不列入著述。稽古録三卷均闕，僅存目録，據傳世單行本比照，知全集所收者當爲節録本。詩話一卷，即行狀之續詩話，爲續歐陽脩詩話之作，本二十八條。此本多出十三條，皆宋敏求春明退朝録之文，綴於卷末。手録五卷，僅存前兩卷，記當時朝政及君臣問對，每事爲一篇，凡存十三篇，而文集和傳家集僅在奏議門内收入邇英奏對一篇。

傳家續集收有「富公乞致仕手録」一條，見於全集卷三之目，学者據以推測傳家續集或曾收入手録全部〔一〕。日録三卷，記載朝政見聞，自熙寧二年（一〇六九）八月始，至三年十月止，中闕三年正月、二月事，三月又僅一條，蓋本爲殘本而被全集拾掇收入。手録和日録可補宋代史料之闕，雖非完帙，亦極寶貴，讀者可參看李裕民司馬光日記校注。

詩文部分，全集與文集互有所無：文集制誥、銘、箴、頌、原、説、贈、諭、論、議辯、史贊評議凡十一門，爲全集所無；而全集又新增出樂章、劄子御批、啓狀手書三門，爲文集所闕。全集獨見而不見於文集、傳家集者，計詩詞十一首，文五十六篇；至於題注，全集所載雖僅三十餘條，而獨見者就有二十條。李裕民增廣司馬温公全集考。與文集相比，全集分類編排的特點十分突出。如詩之部，文集僅分爲古詩、律詩兩門，而全集另外析出雜詩、歌行曲謡、挽詞三門。又如文集之章奏一門，主要按寫作時間編排；而全集則先分成章疏、奏議兩門，兩門之下又各自按内容以類相從：章疏門先列上皇帝疏三篇，再列上皇太后疏三篇，再上兩宫疏一篇，再雜疏兩篇；奏議門先列應詔一篇，卷三十五。次論罷免役、卷三十六。罷常平、卷三十八。罷青苗、卷三十九。廢新法，卷三十七。次論西夏、卷四十。論兵備、卷四十一。論罷保甲，卷四十二。次乞通諫言、卷四十三。乞省封事，卷四十四。次論陝西軍事、卷四十五至四十六。論官制刑法、卷四十七。論科舉及刊校書籍，卷四十八至五十。次薦官、卷五十一。請建儲，卷五十三至

〔一〕李裕民司馬光手録佚文一則，晉陽學刊一九九七年第四期。

五十四。等等。此外，全集「表」一門各文都作平闕式，而文集和傳家集却都直接上文，不再提行。全集「章疏奏議」中的「表」敬空字，在文集和傳家集中亦不復保留。可見全集收録的此类文獻更接近上奏時的原始面貌。

附録部分，收録蘇軾所撰行狀和神道碑、顔復謚議和歐陽棐覆議，凡兩類四首。

全集的價值和不足，讀者可參看李裕民增廣司馬温公全集考及李文澤現存司馬光文集版本考述〔一〕二文，兹不贅。

全集與文集、傳家集之間的關係，目前尚難以完全確定，今試爲論之。全集卷一百三日録中有兩處小字注文提到「劄子在傳家集」，或據此推定全集的刊刻在傳家集後。然日録中之注文率皆作者自注，非刊刻者所加，故上述推定難以成立。推尋注文之意，「傳家集」蓋司馬光爲其文集所定之專名，武岡本傳家集應謙之跋云「公所自叙，姑曰傳之子孫」，陳冠跋云「然公初意，止在傳家」，皆可證，惜乎光之自叙今不得見。「傳家集」之名又見於邵氏聞見後録及郡齋讀書志，但兩書作者均不及見司馬伋本，邵博、晁公武分别卒於一一五八年、一一八〇年。可知題作「傳家集」的司馬光文集早已刊刻流傳，「傳家集」之名絶非遲至淳熙十年始由司馬伋創題。今就刊刻年代而論，全集初刊本與文集重刊本較爲接近，高宗時。而早於司馬伋本傳家集。孝宗時。司馬伋僑居紹興，極有可能兼得二本，故刊刻傳家集時以文集爲主，分類雖更細化，但所收範圍並不逾越，在此原則下補入全集

〔一〕四川圖書館學報，二〇〇一年第二期。

溢出文集之詩文。文集所無之專著及詩文門類，殆以有單行本而刊落或收入傳家續集。以「表」而言，傳家集較文集多出十三篇，其中有十一篇見於全集。十一篇之中，有五篇本爲范純仁所作，全集收其四篇入奏議，傳家集則全部併入表中，編次更爲一律；又有僞作一篇奏彈王安石表，全集題作「奏王安石表」，且保留平闕格式，顯示出更早的形態。再以「書啓」而論，傳家集較文集多出八篇，其中有七篇見於全集。此七篇之中，有五篇是與范鎮討論古樂之書函，其中與范鎮的第九、十、十一書，乃全集誤數，傳家集已分别更正爲八、九、十；范鎮的復書文集不載，全集、傳家集皆收録，而全集多題作「景仁復書」，傳家集則標作「景仁復第×書」，呈現出更爲格式化的特徵。凡此種種，皆顯示出傳家集吸納更改全集的跡象。而另外一篇不見於全集的書啓爲答范夢得，此書具論修通鑑凡例，即胡三省所云伋「得於三衢學官」之「温公與范夢得論修書二帖」，通鑑釋文辨誤後序。更可證泉本傳家集所增補者，乃吸收全集及個人蒐補而來。以上推論，實基於三本内容異同之比勘，稍加研究，發現即已不少，全集之文本價值由此可見一斑。

全集被發現後，首經日本汲古書院影印，一九九三年，用膠卷四拼一縮印。再爲宋集珍本叢刊翻印，綫裝書局，二〇〇四年。亟待重加精印，以慰讀者之望。司馬温公文德雙茂，沾溉後世甚多。今恰逢其千年誕辰，取海東所藏全集孤本加以影印，聊爲菲薄之紀念，實亦文林之雅事。又蒙韋力先生惠賜芷蘭齋所藏島田翰舊藏明鈔本傳家集書影，獨家之秘，樂與衆樂，實有古人慷慨之風，令人既感且佩。史載光於書最爲愛惜，所常閱書，雖歷數十年，仍觸手若新。今出版其書，亦望讀者能愛之惜之，常讀常「新」。

二〇一九年四月十八日　張琦撰定於北京清華園

附記：在撰寫和修訂此文的過程中，蒙人民文學出版社編輯董岑仕女史悉心指導審定，受益匪淺，謹致謝忱。

凡例

一　本書據日本國立公文書館内閣文庫所藏宋本影印。

一　爲保留宋本細節信息，本書採用灰度方式影印，對底本書影不做任何形式的描潤和修版，僅調整其亮度和對比度，使便閲讀。

一　原書除闕卷外，尚有四處闕葉：卷十七卷末第五葉及以後内容原闕，闕處訂入白紙三葉；卷四十三原闕第三葉；卷四十七原闕第八葉；卷一百六原闕第五葉，闕處訂入白紙一葉。今尊其原貌，凡原書訂入空白葉者一仍其舊，而另外兩處闕葉則仿闕卷例插入隔葉以明其闕，另於目録篇目下注明。

一　卷四十七第九、十葉，卷九十八第三、四葉原皆互倒，今乙正。

一　卷四十七首葉有簽條一紙，今移其書影於全書之末。

一　本書首列「全書目録」，記卷數及頁碼。各册前列「本册目録」，記本册卷數、篇名及頁碼。

一　本書新編目録皆以諸卷内文篇名爲依據，並參考書前總目和諸卷分目正其訛字，總目亦誤者，以他本訂改。其訂改者如左：

一　卷十二「呈樂道」。「呈」原誤作「吴」，總目作「示」，文集本作「呈」，於文義爲優，據改。

一　卷十三「和李八丈小雪同會有懷鄰幾」。「雪」原誤作「雲」，總目作「雪」，是，據改。

一　卷十七「閎逢敦牂二月十一日與一二僚友遊叔禮園亭以詩戲呈」。「閎」原誤作「聞」，徑改。

一　卷十七「亭杞下第作示之」。「亭」原誤作「亨」，總目作「亭」，是，據改。
一　卷二十一「宿魏雲夫山莊」。「夫」原誤作「天」，總目作「夫」，是，據改。
一　卷二十九「杕柏寄傅欽之」。「杕」原誤作「杖」，總目亦誤，據本詩改。
一　卷八十「第二劄子」。「二」原誤作「三」，總目作「二」，是，據改。

一　内文篇名有脱文者，據總目增補。其訂改者如左：
一　卷五十九「論劉平招魂葬狀」。「論」原脱，總目有，是，據增。
一　卷二十二「和仲通苦暑思長安幕中望終南秋雪呈鄰聖」。「終」原脱，總目有，是，據增。
一　卷九十七「謝提舉崇福宫表」。「表」原脱，總目有，是，據增。
一　卷八十五「辭知制誥第二狀」。「知」原脱，據總目及上下内文篇名增。

一　原書總目及内文篇名有用俗字如「碎」作「碎」，「遼」作「遼」，「後」作「后」者，又字形若非有害文義者皆，統一爲規範字形。

一　目録卷題分類以各卷首所標爲主，參考書前總目編録。其訂改者如左：
一　卷二十二卷首標作「律詩」，總目作「雜詩」，核以卷内皆古詩而非律詩，故取後者作爲卷題。
一　卷三十至卷三十四卷首標作「奏議」，總目作「章疏」，結合卷内文字，以「章疏」爲優，故取爲卷題。
一　卷八十四卷首標作「章奏」，總目作「奏議」，結合前後諸卷篇題及卷内文字，以「奏議」爲優，故取爲卷題。

一　卷八十七卷首標作「劄子」，總目作「奏議」，結合前後諸卷篇題及卷内文字，以「奏議」爲優，故取爲卷題，並於下標注小字「劄子」，以示細分。

一　總目詩部卷題下皆記本卷詩數，與實際數目或有出入，今據正文重新查定，以小字標于卷題正下方。

一　詩部同一篇題下或有詩數首，其自記數目者，或作大字列於篇題之中，或作小字綴於篇題之下。今新編目録，於大字計數仍其舊貫，於小字計數則列之於篇題右下方。其無計數而不止一篇者，則以小字記其數目於篇題正下方。

一　其一篇之下又有細目，或者前後數篇實本爲一篇者，編目録時，則將總篇目及首篇題目頂格，其餘次一格，以明隸屬及組合關係。

一　原書版心破損，多不能辨其原刻葉次，今於全書單葉書眉處標注原書葉序。惟如書前劉序，書中後人訂入之空白補葉，書後市橋跋皆非原刻所有，故不標注葉序。

全書總目

第一册

劉隋司马温公文集序 …… 一
司馬温公全集序 …… 黄革 三
目録 …… 五
卷一　手録 …… 八一
卷二　手録 …… 九九
卷三　手録（原闕）
卷四　手録（原闕）
卷五　手録（原闕）
卷六　稽古録（原闕）
卷七　稽古録　論上（原闕）
卷八　稽古録　論下（原闕）
卷九　策問（原闕）
卷十　律詩 …… 一二九
卷十一　律詩 …… 一四七
卷十二　律詩 …… 一六三
卷十三　律詩 …… 一七七
卷十四　律詩 …… 一九一
卷十五　律詩 …… 二〇九
卷十六　律詩 …… 二二五
卷十七　律詩 …… 二三九
卷十八　律詩 …… 二五三
卷十九　律詩 …… 二六九
卷二十　律詩 …… 二八一
卷二十一　律詩 …… 二九九
卷二十二　雜詩 …… 三一五
卷二十三　雜詩 …… 三三九

卷二十四　雜詩……三四一

第二册

卷二十五　古詩……三五七
卷二十六　古詩……三七三
卷二十七　古詩……三八五
卷二十八　歌行曲謡致語　樂章……四〇一
卷二十九　古賦　古詩……四一七
卷三十　章疏……四三三
卷三十一　章疏……四四五
卷三十二　章疏……四六一
卷三十三　章疏……四七七
卷三十四　章疏……四九五
卷三十五　奏議……五一七
卷三十六　奏議……五三五
卷三十七　奏議……五四九
卷三十八　奏議……五六九

卷三十九　奏議……五八九
卷四十　奏議……六〇五
卷四十一　奏議……六三一
卷四十二　奏議……六四五
卷四十三　奏議……六六五
卷四十四　奏議……六八三
卷四十五　奏議……六九七
卷四十六　奏議……七〇九
卷四十七　奏議……七二五
卷四十八　奏議（原闕）
卷四十九　奏議（原闕）
卷五十　奏議（原闕）
卷五十一　奏議（原闕）
卷五十二　奏議（原闕）
卷五十三　奏議（原闕）
卷五十四　奏議……七五九

卷五十五　奏議……七七一
卷五十六　奏議……七八五
卷五十七　奏議……七九七

第三册

卷五十八　奏議……八一一
卷五十九　奏議……八三五
卷六十　奏議……八四九
卷六十一　奏議（原闕）
卷六十二　奏議（原闕）
卷六十三　奏議（原闕）
卷六十四　奏議（原闕）
卷六十五　奏議（原闕）
卷六十六　奏議（原闕）
卷六十七　奏議（原闕）
卷六十八　奏議（原闕）
卷六十九　奏議……八八五
卷七十　奏議……八九七
卷七十一　奏議……九一一
卷七十二　奏議……九二三
卷七十三　奏議……九四五
卷七十四　奏議……九五九
卷七十五　奏議……九七一
卷七十六　奏議……九八三
卷七十七　奏議……九九五
卷七十八　奏議……一〇〇七
卷七十九　奏議……一〇二三
卷八十　奏議……一〇三七
卷八十一　奏議……一〇五三
卷八十二　奏議　表狀　笏記……一〇六七
卷八十三　奏議……一〇七九
卷八十四　奏議……一〇九七
卷八十五　奏議……一一〇九

卷八十六　奏議……一一二七
卷八十七　奏議 劄子……一一三九
卷八十八　書……一一五三
卷八十九　書……一一七一
卷九十　樂書……一一八五
卷九十一　樂書……一二〇一
卷九十二　樂書……一二一七
卷九十三　樂書……一二二九
卷九十四　樂書……一二三七

第四册

卷九十五　序……一二五三
卷九十六　序　劄子御批……一二六九
卷九十七　表　啓……一二八一
卷九十八　啓狀手書……一二九五
卷九十九　記……一三〇七
卷一百　雜著……一三三一
卷一百一　疑孟　史剡……一三四七
卷一百二　迂叟日録……一三六五
卷一百三　日録……一三八七
卷一百四　日録……一四〇三
卷一百五　日録……一四一七
卷一百六　詩話……一四二五
卷一百七　傳 投壺新格附……一四四五
卷一百八　祭文　哀辭……一四六一
卷一百九　挽詞……一四七一
卷一百十　傳　墓誌……一四九一
卷一百十一　墓誌……一五〇五
卷一百十二　墓誌……一五二三
卷一百十三　墓誌……一五五一
卷一百十四　墓誌……一五六五
卷一百十五　行狀……一五九一

卷一百十六　神道碑　謚議……………………一六三一
寄藏文廟宋元刻書跋……………市橋長昭　一六四七
附葉
簽條………………………………………一六五一

本册目録

劉隨司马温公文集序 …… 一
司馬温公全集序 …… 黄革 三
目録 …… 五

卷一 手録

邇英留對録 …… 八一
邇英讀資治通鑑録 …… 八五
邇英論利口録 …… 八七
吕惠卿講咸有一德録 …… 八七

卷二 手録

奏劄并舉蘇軾等録 …… 一〇〇
垂拱登對乞知外郡録 …… 一〇二
延和登對乞外補録 …… 一〇三
蘇軾策問進士録 …… 一〇四
蘇軾擬進士對策録 …… 一〇五
議置條例司不便録 …… 一〇六
張戩陳述古請罷條例司録 …… 一〇八
罷條例司歸中書録 …… 一〇八
邇英奏對録 …… 一〇九

卷三 手録（原闕）

卷四 手録（原闕）

卷五 手録（原闕）

卷六 稽古録（原闕）

卷七 稽古録 論上（原闕）

卷八 稽古録 論下（原闕）

卷九 策問（原闕）

卷十 律詩 六十一首

虞帝 …… 一二九
送昌言知宿州 …… 一二九

送昌言舍人得告還蜀三首 …… 一二九
送仲更歸澤州 …… 一三〇
送晁校理知懷州 …… 一三〇
送張寺丞覲知富順監 …… 一三一
送劉觀察知洺州 …… 一三一
送燕諫議知潭州 …… 一三一
送張兵部知遂州 …… 一三二
送冲卿通判河中府 …… 一三二
送人爲閩宰 …… 一三二
送才元知廣安軍歸成都覲省 …… 一三二
答劉邃父賀龐公惠炭 …… 一三三
和范景仁夜讀試卷 …… 一三三
又和雪霽 …… 一三三
又和二月五夜風雪 …… 一三四
景仁召遊東園馬上口占 …… 一三四
和景仁瓊林席上偶成 …… 一三四
又和早朝書事 …… 一三五
平日遊園常策笻杖秋來發篋復出貂褥二物皆景仁所貺睹物思人斐然成詩 …… 一三五
和景仁謝寄西遊行記二首 …… 一三五
和景仁聞蟬 …… 一三六
和景仁宿憩鶴寺 …… 一三六
遊噴玉潭三首 …… 一三六
和景仁噴玉潭 …… 一三七
遊山呈景仁 …… 一三七
和景仁遊壽安 …… 一三八
疊石溪呈景仁二首 …… 一三八
和景仁疊石溪二首 …… 一三九
應天院朝拜回呈景仁 …… 一三九
和景仁卜居許下 …… 一四〇
喜雨三首呈景仁侍郎兼獻大尹宣徽 …… 一四〇
景仁思歸雨未克行 …… 一四一

送景仁至丁正臣園寄主人 …… 一四一
和景仁西湖泛舟 …… 一四一
新買疊石溪莊再用前韻招景仁 …… 一四一
蚤來寄景仁二首 …… 一四二
和景仁七十一偶成 …… 一四二
六十寄景仁 …… 一四二
和景仁答才元寄示花圖 …… 一四二
或謂其嗤景仁談禪而自談又因用前韻爲景仁解禪 …… 一四三
景仁書云去冬因酒病耳病遂不入洛以詩寄呈 …… 一四三
贈清衍 …… 一四四
和道粹春寒趨館馬上口占 …… 一四四
同次道元日宿尚書省聽戒寄常州邵不疑 …… 一四四
和子淵元夕 …… 一四四
和子淵除夜 …… 一四五
送王殿丞西京簽判 …… 一四五
送謝官知光化軍 …… 一四五
未開木芙蓉 …… 一四六
讀武士策 …… 一四六

卷十一　律詩 五十五首

雙竹 …… 一四七
寄題常州東山寺二首 …… 一四七
正月二日與廣淵同出南薰門分趨齋宫塗中成 …… 一四八
二月三十日與同舍宴李氏園晚歸馬上賦詩 …… 一四八
送師道知長溪因歸覲省 …… 一四九
和次道奉慈齋宫見寄 …… 一四九
送次道通判西京 …… 一四九
送李祠部 …… 一五〇
和道粹垂拱早朝王范二直閣班列在前戲

成小詩……一五〇
早朝書事……一五〇
登長安見山樓……一五〇
邵堯夫許來石閣久待不至……一五一
春祠致齋寄呈景仁次道……一五一
送田校理知晉州……一五一
和楊卿中秋月……一五一
感懷寄樂道……一五二
和惜春謡……一五二
和陳殿丞芍藥……一五二
昔余嘗宰韋城今重過二十五年矣慨然有懷……一五三
解州西柏梯寺……一五三
和君錫憶同遊龍門……一五三
憶同遊瀍上劉氏園……一五四
感懷……一五四
到任明年二月罷官有作……一五四
送堯夫知河中二首……一五四
和堯夫見寄二首……一五五
觀孫兒戲感懷……一五五
和秉國芙蓉四章……一五六
正月二十六日同子華相公遊王太尉園……一五六
明日相陪送客……一五七
和子華相公上元遊園二首……一五七
寒食獨飲見山臺……一五七
雨中聞姚黄開……一五八
種竹……一五八
席上賦得榛三韻……一五八
景福東廂詩十三首
序……一五八
夜意……一五九
即目……一五九

柏 …… 一五九
御溝 …… 一五九
賜酒 …… 一六〇
菊 …… 一六〇
送劉儀大名尉 …… 一六〇
送皇甫寺丞穆知藍田縣 …… 一六〇
酬次道板橋晚望見寄 …… 一六一
送祁嶠穎陽主簿 …… 一六一
送李尉以監丞致仕歸閩中 …… 一六一
和伯鎮再入館 …… 一六一
和同舍對菊無酒 …… 一六二

卷十二　律詩 三十三首

和勝之雪霽借馬入局偶書 …… 一六三
和潞公遊天章楚諫議園宅 …… 一六四
和潞公與昌言正叔遊獨樂園徘徊久之主人不至 …… 一六四
和劉伯壽陪潞公禊飲 …… 一六四
和潞公真率會詩 …… 一六五
潞公遊龍門光以室家病不獲參陪獻詩十韻 …… 一六五
和君貺老君廟姚黃牡丹 …… 一六六
和君貺暮秋四日登石家寺閣晚泛洛舟 二首 …… 一六六
和家兄喜晴用安之韻 …… 一六七
和君貺少林寺 …… 一六七
和君貺任少師園賞梅 …… 一六八
和君貺宴張氏梅臺 …… 一六八
和君貺清明與上巳同日泛舟洛川十韻 …… 一六九
和君貺寄河陽侍中牡丹 …… 一六九
酬君貺和景仁對酒見寄三首 …… 一六九
和君貺題潞公東莊 …… 一七〇
君貺環溪 …… 一七一

又和君貺六日四老會 …… 一七一
某與君貺同遊董氏東園檜屏石枕甚佳君貺贈以小詩命某和韻 …… 一七一
又和嶽祠謝雪題嶽寺平法華庵 …… 一七一
別韻一首 …… 一七二
又和賞梅贈開叔 …… 一七二
又和安國寺及諸園賞牡丹 …… 一七二
和樂道自河外南轅過宜芳雨晴氣和景物可愛馬上偶成 …… 一七三
秋夕不寐呈諫長樂道龍圖 …… 一七三
與樂道約會超化寺比至樂道以疾先歸途中有詩見寄 …… 一七三
和樂道再以詩見寄 …… 一七四
呈樂道 …… 一七四
晚行後園見菊戲宜甫 …… 一七四
再呈宜甫 …… 一七五

卷十三 律詩 三十八首

宜甫家有金鈴菊客未之識因代菊贈宜甫 …… 一七七
秋雨蕭條聞宗聖按伎應之飲酒詩呈宜甫 …… 一七七
宜甫東樓晚飲 …… 一七七
和李八丈小雪同會有懷鄰幾 …… 一七八
奉和鄰幾六月十七日文德殿觀文武百官等上尊號十五韻 …… 一七八
次韻和鄰幾秋雨十六韻 …… 一七九
次韻和鄰幾九月五夜省直 …… 一八〇
和鄰幾金鈴菊 …… 一八〇
送祖擇之守陜 …… 一八〇
送祖擇之 …… 一八一
晚春病起呈擇之治臣 …… 一八一
奉同道矩謝始平公惠硯 …… 一八一

和道矩送客汾西村舍杏花盛開置酒其下……一八一
和道矩紅黎花二首……一八二
和懋賢聞道矩小園置酒助以酒果副之以詩……一八二
二月二十四日館宿興宗舍後桃花盛開偶書牖上……一八三
和錢學士呈邵興宗……一八三
依韻和仲庶省壁畫山水……一八三
和吴仲庶寄吴瑛比部安道之子壯年致政歸隱蘄春……一八四
送吴仲庶知江寧……一八四
仲庶同年兄自成都移長安以詩寄賀……一八四
和王安之題獨樂園……一八五
和安之今春於鄭國相公及某處得綴珠蓮合一本植之盆仲夏始見開花喜而成詠末句云未知先合謝誰家……一八五
和安之久雨……一八五
送丁正臣知蔡州……一八六
送丁正臣通判復州……一八六
和李君錫惠書及詩勉以早歸……一八六
和君錫雪後招探春……一八六
又和早春夜雪……一八七
和白序都官見贈……一八七
送白官歸長安……一八七
和聶之美重遊東郡二首……一八七
寄聶之美二首……一八八
感興寄聶之美……一八八
運使虞部按行洛西諸縣因遊所過名山有詩百餘首合爲一編蒙賜寵示俾之繼作一首……一八九

卷十四　律詩 七十首

邇英閣讀畢後漢書蒙恩賜御製詩……一九一

奉和御製龍圖等閣觀三聖御書詩……一九二
御製後苑賞花釣魚七言四韻詩一首奉聖旨次韻……一九二
賞花釣魚二首……一九二
春帖子詞
皇帝閤六首……一九三
太皇太后閤六首……一九四
皇太后閤六首……一九五
皇后閤五首……一九七
夫人閤四首……一九八
和張文裕初寒十首……一九八
座中呈子駿堯夫六言……二〇一
曉思……二〇一
八月五日夜省直……二〇二
八月七日夜省直喜雨三首……二〇二
遊三門開元寺……二〇三
冬夜……二〇三
感春……二〇三
早行……二〇三
秋夜……二〇四
上元書懷……二〇四
次韻和韓子華寒食休沐與諸公同會趙令園暮歸馬上偶成……二〇四
春遊……二〇五
六月十八日夜大暑……二〇五
留客……二〇五
自嘲……二〇五
自題寫真……二〇五
夢穉子……二〇六
鷄……二〇六
雲……二〇六
閑來……二〇六

閑中有富貴……二〇七
貽夸者……二〇七

卷十五　律詩五十一首

西臺詩二十四韻……二〇九
去春與景仁同至河陽謁晦叔館於府之後園既去晦叔名其館曰禮賢夢得作詩以紀其事某雖愧其名亦作詩以繼之……二一〇
南園雨霽景物粗佳有懷正叔安之……二一〇
寄題濟源李章少卿園亭……二一一
蘇門先生……二一一
寄贈致仕劉都官二首……二一一
贈狄節推……二一二
夷齊……二一二
秦人……二一三
孟嘗……二一三
小園晚飲……二一三
花庵多牽牛清晨始開日出已瘁花雖甚美而不堪留賞……二一三
獨樂園新春……二一四
李花……二一四
野菊……二一四
柳溪對雪……二一四
花庵獨坐……二一五
花庵二首……二一五
東窗……二一五
三月晦日登豐州故城……二一六
謁三門禹祠二首……二一六
資善堂宴餞應詔……二一六
長垣道中作……二一七
再使河北……二一七
河北道中作二首……二一七
夜發長垣……二一八

別長安……二二八
望日示康廣宏……二二八
初到洛中書懷……二二九
遊瀍上劉氏園……二二九
放鸚鵡二首……二二九
重過華下……二二九
獨步至洛濱二首……二三〇
石閣春望……二三〇
秋雨新霽遊山北馬上偶成……二三〇
秋夜……二三一
深夜……二三一
大熱……二三一
晉陽三月末有春色……二三一
夏日……二三二
題傳燈録後……二三二
樂……二三二
瞑目……二三二
又和景仁……二三三

卷十六　律詩 四十七首

酬仲通初提舉崇福宮見寄……二三五
寄題李舍人蒲中新齋……二三五
送二同年使北二首……二三五
寄題張中理著作善頌堂……二三六
和史誠之謝送張明叔梅臺三種梅花……二三六
奉和大夫同年張兄會南園詩……二三七
答張伯常之郢州塗中見寄……二三七
病酒呈晉州李八丈……二三八
送李益之侍郎致政歸廬山二首……二三八
長安送李堯夫同年……二三八
題遊李衛公平泉莊……二三九
寄題李庠水部涯水別業……二三九
題致仕李太傅園亭……二三九

寄題興州晁都官東沼沼上唐鄭都官有詩
刻石 …… 二二九
送晁端彦秘丞通判雄州 …… 二三〇
送瀛洲簽判蘇秘丞寀 …… 二三〇
送周寺丞田知洛南 …… 二三〇
送齊學士廓知荆南 …… 二三一
送昭遠兄歸陜 …… 二三一
送程端明知成都府 …… 二三一
送魏寺丞廣赴辟秦州判官 …… 二三一
送朱職方提舉江淮運鹽 …… 二三二
送蘇屯田知單州 …… 二三二
送李學士及之使北 …… 二三二
送薛水部十丈通判并州 …… 二三二
送賢良陳舜俞著作簽書壽州判官 …… 二三三
送蒲中舍致政歸蜀 …… 二三三
送裴中舍士傑赴太原幕府 …… 二三三
送元待制出牧福唐 …… 二三三
送吴處厚駕部知真州 …… 二三四
送周沆密學真定安撫使 …… 二三四
作僧歸吴 …… 二三四
送惠思歸錢塘 …… 二三四
送向防禦經知陳州 …… 二三五
泉水詩送吴太元一翁都官分司歸和州 …… 二三五
送羅登郎中管句玉局觀 …… 二三五
送雷章秘丞知芮城 …… 二三五
寓泊鄭圃寄獻昌言舍人 …… 二三六
和運使舍人北園餞别憩三交僧舍冒雪百
井關見寄 …… 二三六
又和留題定襄驛 …… 二三六
又寄獻 …… 二三七
和任屯田迴感舊叙懷 …… 二三七
又和勝之雪 …… 二三七

和吴省副梅花半開招憑由張司封飲……二三八
和趙子與龍州吏隱堂……二三八

卷十七 律詩 三十四首

寄題刁景純藏春塢……二三九
和任開叔觀福嚴院舊題名……二三九
又和堯夫來韻……二三九
和宇文公南塗中見寄……二四〇
和邠守宋迪度支來卜居典南園爲鄰……二四〇
酬宋叔達卜居洛城見寄……二四〇
閏逢敦牂二月十一日與一二僚友遊叔禮園亭以詩戲呈……二四一
十四日小園置茶招宗聖應之皆辭以醉爲詩贈之……二四一
同僚有獨遊東園者小詩寄之三首……二四一
小詩招僚友晚遊後園二首……二四二
北軒老杏其大十圍春色向晚止開一花余憫其憔悴作詩嘲之……二四二
喜聖民得登州……二四三
太傅同年葉兄以詩及建茶爲貺家有蜀箋二軸輒敢繫詩二章獻於左右亦投桃報李之意也二首……二四三
讀潁公清風集四首……二四三
某皇祐二年謁告歸鄉里至治平二年方得再來愴然感懷詩以紀事……二四四
蘇才翁子美有贈扶溝白鶴觀黄道士詩記于屋壁歲久漫滅今縣宰周同年得完本於民間抵予求詩……二四五
寄題傅欽之濟源別業……二四五
酬終南閻詢諫議見寄……二四六
寄成都吴龍圖同年……二四六
喜才元過洛小詩召飲……二四六
亨杞下第作示之……二四六

還陳殿丞（原闕）
八月十五日夜待月不見（原闕）
杏解嘲（原闕）
寄陝西提刑江學士（原闕）
北園樂飲（原闕）
偶至後圃（原闕）

卷十八　律詩 四十八首

復古詩首句云獨步復静坐輒繼二章……二五三
某詩首句云飽食復閑眠又成二章……二五三
閑居呈復古……二五四
次韻和復古五絶句……二五四
和復古小園書事……二五五
寄清逸魏處士……二五六
詩寄雲夫處士魏君兼呈知府待制八丈……二五六
忝職諫垣日負憂畏緬思雲夫處士老兄蕭然物外何樂如之因成浮槎詩獻以紓鄙懷……二五六
和次道西都元日懷不疑并見寄……二五六
送次道知太平州……二五七
君倚示詩有歸吴之興爲詩三十二韻以贈……二五七
寄題錢君倚明州重修衆樂亭……二五九
某頃爲諸生嘗受經於錢丈學賦於張丈今酒叨忝同爲侍臣蒙錢丈置酒張丈賜詩不勝愧悚之深言志爲謝……二五九
次韻和冲卿中秋朧月……二五九
和冲卿喜雨偶成……二六〇
郭氏園送仲通出刺棣州……二六〇
送劉仲通赴京師……二六〇
喜雨八韻呈明叔……二六〇
和明叔九日……二六一
和明叔遊白龍溪……二六一
喜李東之侍郎得西京留臺……二六一

送李侍郎東之西京留臺……二六二
和宋郎中孟秋省直……二六二
送宋郎中知鳳翔府……二六二
送稻醴與子才……二六二
和宋子才致仕後歲且見贈……二六三
戲書宋子才止足堂……二六三
送致仕朱郎中令孫……二六三
贈河中通判朱郎中……二六四
奉同運使陳殿丞惜洛陽牡丹爲霜風所損……二六四
和公廙喜雪……二六四
寄唐州吴辨叔二兄……二六五
和吴辨叔知鳳翔見寄……二六五
還張景昱景昌秀才兄弟詩卷……二六五
酬張二十五秀才南園遺意……二六六
酬張三十秀才見贈……二六六
王金吾北園……二六六
送王待制知陝府……二六六
送王伯初通判婺州……二六七
送王都官俶官滿還鄉……二六七
送王書記之官永興……二六八
送王著作慥西京簽判……二六八

卷十九　律詩 三十首

昌言謫官符離有病鶴折翼舟載以行及還修注始平公以詩問之命某同賦二首……二六九
子高有徐浩詩碑昌言借摹其文甫及數本石有微釁懼而歸之子高答簡有碎珊瑚之戲昌言以詩贈子高同舍皆和……二六九
昌言有詠石髮詩三首章模寫精楷殆難復加僕雖未睹兹物而已若識之久者輒復强爲三詩以繼其後非敢庶幾肩差適足爲此詩之輿臺耳……二七〇
和始平公招一二賓僚……二七一

和始平公長句寄漢州何學士……二七一
奉和始平公酬大資政吴侍郎……二七二
奉和始平公喜聞昌言修注……二七二
奉賀始平憶東平……二七三
陪始平公燕柳溪……二七三
從始平公城西大閲……二七三
中秋夕始平公命與考校諸君置酒賦詩……二七四
和始平公郡齋偶書二首……二七四
和始平公以某得免使北……二七五
始平公新作雙檉庵命某爲詩……二七五
送何濟川知漢州二首……二七五
奉和濟川代書三十韻寄諸同舍……二七六
濟川有書見貽云以親老須守遠郡以便禄
養不得如某在主人幕下因以詩答……二七七
贈邵堯夫……二七七
和邵堯夫秋霽登石閣……二七八
和邵堯夫年老逢春……二七八
送酒與邵堯夫……二七八
再和堯夫年老逢春……二七九
送酒與邵堯夫因戲之……二七九
和邵堯夫安樂窩中職事吟……二七九
酬邵堯夫見示安樂窩中打乖吟……二七九

卷二十　律詩 四十首

九月十一日夜雨宿南園韓秉國寄酒兼見
招以詩謝之……二八一
夜坐……二八二
宿南園……二八三
八月十五日宿南園懷君貺……二八三
走索……二八三
苦雨……二八四
酬趙少卿藥園見贈……二八四
登封龐國博年三十八自云欲棄官隱嵩山

作吏隱庵於縣宇俾某賦詩勉率塞命……二八五
暮春同劉伯壽史誠之飲叔達園……二八五
用前韻再呈……二八六
示道人……二八六
謝君貺中秋見招不及赴……二八六
久雨效樂天體……二八七
送張伯常同年移居郢州……二八七
南園飲罷留宿詰朝呈鮮于子駿范堯夫彝叟兄弟……二八七
自用前韻……二八八
賜果……二八八
病中子駿見招不往兼呈正叔堯夫……二八八
和子駿秋意……二八九
龍門……二八九
同子駿題和樂亭……二八九
送王殿丞知眉山縣二首……二九〇
送朱校理知濰州……二九〇
貢院中戲從元禮求酒……二九一
黄柑……二九一
寒食南宫夜飲……二九一
送孟著作知濟陰……二九一
同次道陪讌瓊林……二九二
送高陟歸金陵……二九二
送馮狀元歸鄂州……二九二
送吴耿先生……二九二
賜書……二九三
怪石……二九四
觀試騎射古調詩……二九四
興宗許菊久之未得……二九五
得菊并詩……二九五
昔别贈宋復古張景淳……二九五
晚食菊羹……二九六

甖盆 …… 二九七

卷二十一 律詩 四十五首

次韻和王勝之十二月十五日退朝馬上作 …… 二九九
和河陽王宣徽九日平嵩閣宴集 …… 二九九
和王虞仲道濟以某始自陝右遊山歸復將登少室爲詩見寄 …… 三〇〇
和王少卿十日與留臺國子監崇福宮諸官赴王尹賞菊 …… 三〇〇
送張景淳知邵武軍 …… 三〇〇
送張章伯知湖州 …… 三〇一
送張少卿學士知洪州 …… 三〇一
送張學士師中兩浙提點刑獄 …… 三〇一
到并州已復數月率爾成詩 …… 三〇二
謝人惠酪羹 …… 三〇二
送沈寺丞知南昌縣 …… 三〇二
酬不疑雪中書懷見寄 …… 三〇二
答師道對雪見寄 …… 三〇三
正月十四日夜雪 …… 三〇三
和道粹雪夜直宿 …… 三〇三
送王校理守琅琊 …… 三〇四
題楊中正供奉洗心堂 …… 三〇四
送龔章判官之衛州 …… 三〇四
送王瓘同年河南府司録 …… 三〇四
送王彦臣同年通判亳州 …… 三〇五
和次道大慶殿上元迎駕 …… 三〇五
送范屯田知無爲軍 …… 三〇五
登平陸北山回瞰陝城奉寄李八丈學士使君二十二韻 …… 三〇六
員村坂 …… 三〇七
山頭春色 …… 三〇七
宿魏雲夫山莊 …… 三〇八
又七言 …… 三〇八

留别逢吉……三〇八
陜城桃李零落已盡陜石山中今方盛開馬
上口占……三〇九
自澠至洛循穀水百餘里……三〇九
送不疑知常州……三〇九
送聶之美任雞澤令……三一〇
送張秘校知分寧……三一〇
館宿遇雨懷諸同舍……三一〇
送韓直講鄆州寧親……三一〇
送丁秘丞知雍州……三一一
苦雨……三一一
酬師道雪夜見寄……三一一
代叔禮作使北……三一二
又代作擊毬……三一二
送計先輩尉宗城……三一二
送趙殿丞歸成都……三一二
送張都官江南東路提刑……三一三
送楊秘丞通判楊州……三一三
送光禄王卿致仕歸荆南……三一三

卷二十二　雜詩二十五首

謝王道濟惠古詩古石器……三一五
康定中過洛橋南得詩兩句於今三十二年
矣再過其處足成一章……三一五
酬仲庶終南山詩……三一六
酬永樂劉秘校四洞詩……三一六
謝胡文學九齡惠水牛圖貳卷……三一七
不寐三首……三一八
和鄰幾六月十一日省宿書事……三一九
和始平公夢中有懷歸之念作詩始得兩句
而寤因足成章……三一九
和仲通苦暑思長安幕中望終南秋雪呈鄰
聖……三二〇

和仲通追賦陪資政侍郎吴公臨虚亭燕集
寄呈陝府擇之學士……三二一
秋意呈鄰幾……三二二
次韻和……三二二
又對前韻三首……三二二
聶著作三舅謫官長沙作耐辱亭書來索詩……三二三
次韻和不疑假書鄰幾知方酣寢爲詩通意……三二四
不疑廳薛荔及竹……三二五
和公達過潘樓觀七夕市……三二五
酬鄰幾問不飲裁菊……三二五
八月十七日夜省直紀事呈同舍……三二六
送雷太簡……三二六
和介甫烘虱……三二七

卷二十三　雜詩二十七首

獨樂園詩七首
讀書堂……三二九
釣魚庵……三二九
采藥圃……三二九
見山臺……三三〇
弄水軒……三三〇
種竹齋……三三〇
澆花亭……三三〇
和鮮于子駿八詠
桐軒……三三一
竹軒……三三一
柏軒……三三二
巽堂……三三二
山齋……三三二
間燕亭……三三三
會景亭……三三三
寶峰亭……三三四
和聖俞詠昌言五物

括蒼石屏……三三四
淡樹石屏……三三五
白鷴圖……三三五
懷素書……三三六
縛虎圖……三三七
和聶之美雞澤官舍詩七首
西齋……三三七
題廳壁……三三八
縣樓……三三八
葦……三三八
柳……三三八
向城路……三三九
懷翠亭……三三九

卷二十四　雜詩 五十五首

伏承景文示以議交絶句謹和韻……三四一
和端式十題
春塘水……三四一
煙際鍾……三四二
汀州蘋……三四二
寒溪石……三四二
幽谷泉……三四二
秋原菊……三四二
漁舟火……三四三
垂崖鞭……三四三
古木陰……三四三
天外峰……三四三
和何濟川漢州西湖雜詠十七首
清風臺……三四四
佇月亭……三四四
藥圃……三四四
竹塢……三四五
射堋……三四五

玉徽亭……三四五
書樓……三四五
朔會堂……三四六
浮醳亭……三四六
清燕亭……三四六
流芳橋……三四六
晚景亭……三四七
假山……三四七
探花橋……三四七
樂軒……三四七
坐舡……三四八
枇杷洲……三四八
壽安十首
噴玉泉……三四八
神林谷二首……三四九
遊神林谷寄邵堯夫……三四九
靈山寺流泉……三四九
晏遊……三五〇
永濟渡二首……三五〇
雲山寺……三五〇
藏珠石……三五一
南園五首
見山臺晝卧偶成……三五二
修醾醿架……三五二
螢……三五二
明叔家瑞蓮……三五三
蓮房……三五三
和安之家園四首
野軒……三五三
汙亭……三五四
藥軒……三五四
晚暉亭……三五四

看花絶句四首……三五四
獨樂園二首……三五五
初夏獨遊南園二首……三五六

刘隋司馬温公文集序

公出於去聖数千歳之後其公忠直亮根于性質之自然非勉而中思而得者見於脩身踐言則孝悌忠信雖蠻貊而可行在屋漏而不愧至其施諸政事則開百聖而不惑蔽天地而不耻而發為文章則探陰陽造化之賾以豐其源躬仁義禮樂之實以沃其膏酌聖賢出處之正以厉其操通古今因革之变以博其施非徒載之虛言也是文也君天下者得之足以鑒興衰通治躰公卿大夫得之足以勸忠盡臣節士庶人得之足以檢身厉行為君子之歸以至山巔水涯幽人放客得之則浩歌流詠斟酌厭飫

隨取隨足夫丹青可渝而公之文不可朽也金石可磨而公之文不可磷也山可摧澤可涸而公之文愈久愈新垂世而亡窮也公又嘗著資治通鑑備論前世君臣善惡之蹟与其理亂興亡之證別爲一書公非有意於立文者然將以鼓吹六經羽翼名教則肆筆爲言不約而成章古語曰木有文而水有波雖与更之無奈之何韓愈曰仁義之人其言藹如也昔顔淵死孔子曰噫天喪予憫王道之無傳也公立朝大節輔相勳庸凜凜在人耳目公雖亡斯文未喪斈者傳誦非獨得其言得其書而已文集凡八十卷爲二十八門其閒詩賦章奏制詔表啓雜文書傳无所不備

司馬温公全集序

朝奉郎邛州司録事賜緋魚袋黃葦譔

温公事業文章暴耀天下其人雖亡其書具存學者知想慕其人而不知讀其書蓋亦漫云爾考

公之書唯資治通鑑獨爲精詳其他文集不無闕失昔　東坡先生撰

公神道碑并行狀得迂叟集於其家

以備鋪述扵是見當時
廟堂之上吁俞獻替多載扵此華頂
官青衣知有此書　先生之表姪謹
守固藏不敢示人杜友傳道迺令得
之既惜其隱晦不傳又嘆夫書肆之
本多所闕失用是重加編緝增舊補
遺始克全備頗與學者共之茲可嘉
也故爲之書謹序

增廣司馬温公全集目録

第一巻

手録

第二巻

手録

第五卷

第六卷

稽古録

太昊　炎帝
黃帝　火昊
顓帝　帝嚳
帝堯　帝舜
夏禹　殷湯
周文王　周武王
周公　孔子

第七卷

論上

周論　韓論
魏論　楚論

燕論　趙論
齊論　秦論
西楚論　前漢論
後漢論　蜀論
魏論　吴論
西晉論　前趙論
後趙論　前燕論
後燕論

第八卷

論下
前秦論　後秦論
東晉論　宋論

南齊論　梁論
後魏論　北齊論
後周論　陳論
隋論　唐論
梁論　後唐論
晉論　漢論
周論

第九卷

策問

學士院試李清臣等策問一首

第十卷

賢良策問一首　進士策問十一首

律詩六十一首

虞帝
送昌言知宿州
送昌言得告還蜀三首
送仲更歸澤州
送晁校理知懷州
送張寺丞知富順監
送劉觀察知絳州
送燕諫議知潭州
送張兵部知遂州
送仲卿通判河中府
送人為閩宰
送才元歸成都覲省
答劉遂父
和范景仁讀試卷
又和雪霽
又和二月五夜風雪
馬上口占
和景仁席上偶成
又和早朝書事
觀景仁所覽成詩
和景仁謝寄行記二首
和景仁聞蟬

和景仁宿昭鶴寺　遊噴玉潭三首
和景仁噴玉潭　遊山呈景仁
和景仁壽安　疊石溪呈景仁
和景仁疊石溪二首　呈景仁
和景仁卜居　喜雨三首
景仁思歸阻雨　丁正臣園寄主人
和景仁西湖泛舟　疊石溪再用前韻
寄景仁二首　和景仁七十一偶成
六十寄景仁　和景仁答子元
用前韻爲景仁解禪　詩寄景仁
贈清衍　馬上口占
元日省廳寄邵不疑　和子淵元夕

第十一卷

律詩五十四首

第十二卷

律詩三十三首
和勝之入省偶成　和潞公遊楚諫議園
和潞公遊獨樂園　和劉伯壽禊飲
和潞公真率會　潞公遊龍門
和君貺題姚黃牡丹　和君貺登石家寺閣二首
喜晴用堯之韻　和君貺少林寺
和君貺賞梅　和君貺宴張氏梅臺
和君貺泛舟洛川　和君貺寄牡丹
酬君貺景二兄寄三首　和君貺題潞公東莊
君貺還洛　又和君貺四老會
和君貺董氏檜屏石枕　又和題法藏庵
別韻一首　又和賞梅

目録　葉六

又和賞牡丹　和樂道馬上偶成
秋夕不寐呈樂道　樂道途中見寄
再和　示樂道
後園見菊獻宜甫　再呈

第十三卷

律詩四十首

代菊贈宜甫　呈宜甫
宜甫東樓晚飲　和李八丈小雪懷鄰幾
和鄰幾文德殿觀百官上尊號十五韻
次韻鄰幾秋雨　次韻鄰幾省直
和鄰幾金鈴菊　送祖擇之守陝
送祖擇之　病起呈擇之治臣

目録　葉七

第十四卷

律詩七十一首
迩英閣讀畢賜御筵詩
奉和御製觀三聖御書詩
奉和御製賞花釣魚 又二首
春詞 皇帝閤六首 太皇太后閤六首
皇太后閤六首 皇后閤五首
夫人閤四首 和張文裕初寒十首
座中呈子駿堯夫六言 曉思
八月五日夜省直 八月七日夜省直三首
遊三門開元寺 冬夜

感春　早行
秋夜　上元書懷
次韻子華寒食暮歸　春遊
六月十八日大暑　留客
自嘲　自題寫真
夢孫子　鷄
雲　閑來
聞□□寄□□□　貽耆者

第十五卷

古律詩四十九首
西齋□三十四韻　與吳宗仁同謁騰叔
南園□□齋□正叔安之　寄題李必卿園亭

蘇門先生　寄致仕劉都官二首
贈狄鈐轄　美齊
秦人　孟嘗
小園晚飲　牽牛
獨樂園新春　李花
野菊　柳溪對雪
花庵對坐　花庵二首
東窗　登豐州故城
謁三門禹祠二首　資善堂宴應詔
長垣道中作　再使河北
河北道中作三首　夜發長垣
別長安　示康廣宏　初到洛中書懷

遊纏上劉氏園　放鸚鵡
重過華下　獨步至洛濱二首
石閣春望　秋霽馬上偶成
秋夜　深夜
大熱　晉陽春色
夏日　題傳燈録後
樂　瞑目

第十六卷

律詩四十八首

酬仲通坦舉崇福宮　寄題李舍人新齋
送二同年北使二首　寄題張著作埜頌堂
和史誠之謝送張明叔梅臺　和同年張兄會南園

荅張伯常途中見寄　病酒呈李八丈
送盧益之歸廬山二首　送李堯夫同年
題李衛公平泉莊　題李水部涯水別業
題李大傅園亭　題晁都官治卜唐鄭都官刻石
送晁都官通判雄州　送蘇秘丞宷
送周寺丞知洛南　送齊學士知荆南
送昭遠兄歸陝　送程端明知成都
送魏寺丞赴辟　送朱職方提舉
送蘇屯田知單州　送李學士北使
送薛水部通判幷州　送陳賢良簽書壽州
送蒲中舍歸蜀　送裴中舍太原幕
送元待制出牧福唐　送吳駕部知真州

送周谿學安撫真定　送僧歸吳
送惠思歸錢塘　送向防禦知陳州
泉水詩送吳都官歸和州　送羅中管玉局
送雷秘丞知莆城　寓鄭圃寄呂言舍人
和運使舍人見寄　又和留題定襄驛
又寄獻　和任屯田叙懷
又和勝之壹　和吳省副招張司封飲
和趙子興麦隱堂

第十七卷

律詩三十四首

題孔景純藏春塢　和任開叔觀舊題名
又和堯夫來韻　和宇文公南塗中見寄

和度支卜居爲鄰　酬宋叔達見寄
遊叔禮園亭戲呈　小園置茶二首
寄同蔡獨遊東園三首　招僚友遊後園
嘲北軒老杏　喜聖民得登州
葉太傅貺茶二首　讀顔公清風集四首
謁告感懷　同同年求黃道士詩
題傅欽之別業　酬闞諫議見寄
寄成都吴龍圖　喜才元過洛
聞丁杞下第作詩示之　還陳殿丞
八月十五日夜待月不見　杏解嘲
寄陝西提刑江學士　北園樂飲
偶至後圃

第十八卷

律詩四十八首

繼復古詩首句二首　又二章
閑居呈復古　次韻復古絶句五首
和小園書事　寄清逸魏處士
寄雲夫處士兼呈待制丈　浮槎詩寄雲夫處士
和次道九日懷不疑　送次道知太平州
贈君倚歸吳　題錢君倚衆樂亭
謝錢張二丈詩酒　次韻沖卿中秋朧月
和沖卿喜雨　送仲通出刺棣州
送劉仲通西京師　喜雨呈明叔
和明叔九日　和明叔遊白龍溪

喜李東之侍西京留臺　送李東之
和宋郎中省直　送宋郎中知鳳翔
送稻醴與子才　和子才致仕見贈
書子才止足堂　送致仕朱郎中
贈朱郎中壽昌　惜洛陽牡丹
和公廙喜雪　寄吴辨叔
和辨叔鳳翔見寄　還張景昱兄弟詩卷
酬張秀才南園遣意　酬張秀才見贈
王金吾北園　送王待制知陝府
送王伯初通判婺州　送王都官還鄉
送王書記之官　送王著作西京簽判

第十九卷

律詩三十首

昌言病鶴二首　徐浩詩碑
詠石鬚三首　和始平公招賓僚
寄漢州何學士　和始平公酬吳大資
和聞昌言修注　賀始平憶東平
陪燕栁谿　從城西大隱
賦秋夕置酒　和鄆齋偶書二首
和兗北使　始平公饋穤
送何濟川知漢州二首　和濟川代書寄同舍
答濟川　贈邵堯夫
和邵堯夫秋霽登石閣　和堯夫年老逢春
送酒與邵堯夫　再和堯夫年老逢春

戲堯夫　和職事吟
酬打乖吟

第二十卷

律詩四十首
謝韓秉國寄酒　夜坐
宿南園　宿南園懷君貺
走索　苦雨
酬趙少卿見贈　龐國博棄官
飲叔達園　再用前韻
示道人　謝君貺見招不赴
久雨効樂天體　送張伯常移郢州
南園留宿　自用前韻

賜果　子駿見招不往
和子駿秋意　龍門
題和樂亭　送王殿丞知眉山二首
送朱校理知雒州　錢元禮求酬
黄柑　禁宮夜飲
送孟著作知濟陰　詞六詠瀝瓊林
送高陂歸金陵　送馬狀元歸鄂州
送吳耿先生　賜書
怪石　觀試騎射
興宗許菊未得　許菊於詩
昔別　飯蟹君之實
癭盆

第二十一卷

律詩四十五首

次韻王勝之退朝馬上作　和王宣徽平嵩閣宴集
和王虞仲見寄　和王少卿賞菊
送張景淳知邵武軍　送張章伯知湖州
送張少卿知洪州　送張師川兩浙提刑
到并州成詩　謝人惠酪羹
送沈寺丞知南昌　酬不疑書懷見寄
荅師道對雪見寄　正月十四日夜雪
和粹道雪夜直宿　送王校理守瑯琊
題楊中正洗心堂　送龔判官
送王雍河南府司錄　送王彥臣通判襄州

送王光祿致仕

第二十二卷

雜詩二十五首
謝王道濟古詩一卷　再過洛中
酬仲庶終南山詩　酬永樂劉秘校
謝胡文學惠水牛圖　不寐三首
和鄰幾省直書事　和始平公懷歸之作
和仲通望終南秋霽　和仲通賦吳資政臨虛亭
秋意呈鄰幾　又次韻
又對前韻三首　聶著作耐辱亭
次韻不疑　不疑廳薜荔及井竹
和公達潘樓觀七夕市　酬鄰幾問不飲栽菊

八月十七日省直　送雷太簡
和介甫烘虱

第二十三卷

雜詩二十七首
獨樂園詩七首　讀書堂
釣魚菴　采藥圃
見山臺　弄水軒
種竹齋　澆花亭
和鮮于子駿八詠　桐軒
竹軒　栢軒
巽堂　山齋
閑燕亭　會景亭

寶峯亭
和聖俞詠昌言五物　括蒼石屏
淡樹石屏　白鷴圖
懷素書　縛虎圖
和聶之美鷄澤官舍七首　西齋
題廳壁　縣樓
葦　栁
向城路　懷翠亭

第二十四卷

雜詩五十五首
和景文議交絶句　和端式十題
春塘水　煙際鍾

汀洲蘋　寒谿石
幽谷泉　秋原菊
漁舟火　馬崖鞭
古木陰　天外峯
和何濟川漢州西湖雜詠十七首
清風臺　佇月亭
藥圃　竹塢
射堋　王徽亭
書樓　棚會堂
浮醉亭　清燕亭
流芳橋　晚景亭
假山　採芑橋

樂軒　坐舟
拑把洲
壽安十首　寶玉泉
神林谷二首　遊神林谷寄邵堯夫
靈山寺流泉　且遊
永濟渡二首　雲山寺
藏珠石
南園五首　見山臺晝卧偶成
修酴醾架　螢
明叔家瑞蓮　蓮房
和安之家園四首　野軒
仟亭　樂軒

晚暉亭　獨樂園二首
看花絶句四首　初夏遊南園二首

第二十五卷

古詩二十七首

今古路行　偶成
過景靈呈君倚　憶同彝上陽路
和君倚藤牀　同君倚過聖俞
晚歸書室呈君倚　旬慮呈同舍
王書記感遇　謝聖俞惠詩二首
小雨　園中書事二絶
送劉仲通知渭州　和復古大雨
題楊郎中水北園　首夏呈鄰幾二首

酬安之謝檕栽二首　是日懷安之
晉康陳生遠理太　送興宗之丹陽
會飲金明沼上書事　和沖卿崇文宿直寄不疑
酬君貺書中祈雪

第二十六卷

古詩一十九首
超然臺詩寄子瞻　張明叔雨中見過
和景仁緱氏見寄　和秉國招景仁飲
聞景仁遷居許昌　和景仁野老詩
和景仁題崇福宮二首　呈景仁
又和秋懷　喜景仁直秘閣
緱山呈景仁　八月十六日懷景仁

早春戲呈景仁　景仁召飲東園

雙井茶寄贈景仁　同景仁寄同舍

投梅聖俞　酬胡侍講先生見寄

第二十七卷

古詩二十八首

送唐祠部江南轉運　寶鑑賜開府

贈興宗　過興宗南園贈邵直講

出都途中　重經東輞谷

送吳縣崔尉　酬次道初登

謝韓廷評見過　送守哲歸廬山

飲鮑道士東軒　送僧聰歸蜀

送文惠師歸眉山　謝始平公示近詩

朝鷄贈樂道　寄樂道十二韻
和始平公見寄　吹簫
齋山詩呈王學士　見白髮感懷
贈道士陳景元　夏夜
種竹　花庵寄邵堯夫二首
新造書齋　劇暑聞濟川迎吏未至
招子駿堯夫

第二十八卷

歌行曲謡致語

苦寒行三月九　君倚日本刀歌
風林石歌　同聖民聽琵琶
和介甫明妃曲　和公廙惜春謡

憫獄謡　窮兔謡二首
和介甫巫山高吟　樞密院開啓聖節致語
御筵送李徽知真定府　慶文潞公九老會口号
寒食御筵口号二首
樂章
西江月并序　河橋參會并序
踏莎行寄致政潞公

第二十九卷

古賦并表
進交趾獻奇獸賦表　交趾獻奇獸賦
稷下賦　靈物賦
古詩并表

進瞻彼南山詩表　瞻彼南山詩
園櫻傷老詩　杖栢寄傅欽之

第三十卷
章疏
上皇帝聽断書　上皇帝疏
上皇帝疏

第三十一卷
章疏
上皇帝疏　上皇太后疏

第三十二卷
章疏
上皇太后疏　上皇太后疏

陳免役五害　乞依前勑差役
乞罷免役錢　乞不改更罷役錢勑

第三十七卷

奏議

乞罷條例司常平使　乞免永興軍路苗役錢
論錢穀宜歸一　論衙前劄子

第三十八卷

奏議

乞發義倉濟民　乞免抑配青苗錢
乞罷散青苗錢　乞罷提舉官
乞趂時收糴常平斛㪷申明役法

第三十九卷

奏議
乞去新法之病民傷國者請更張新法
革弊

第四十卷
奏議
諫西征　諭西夏
乞赦西人　再乞赦西人
乞撫納西人　乞撫納西人詔意
乞不拒絕西人請地

第四十一卷
奏議
言揀兵　言階級

論兩浙不宜添置弓手　乞不揀退兵且淮南

第四十二卷

奏議

乞罷保甲招置長名弓手　乞罷保甲

再乞罷保甲

第四十三卷

奏議

乞開言路　再乞開言路

舉諫官　再舉諫官

請自擇臺諫　乞降求諫詔書

第四十四卷

乞申明求諫

奏議

乞省覽目民封事　乞省覽農民封事

乞別有差封事　外諫召極言

看閱呂公著所陳利害　乞裁斷政事

議可劄子

第四十五卷

奏議

言横山劄子　論横山疏

再言横山上殿劄子

第四十六卷

奏議

論召陝西邊臣　乞不令陝西義勇戍邊及刺充正兵

奏議
議貢舉　論風俗

第五十
奏議
乞以十科舉士　乞先行經明行修科
議繫宮親人鎖廳　再乞經資蔭人試經義
進孝純指解　乞印荀揚
乞黃庭堅同校資治通鑑　乞令校定資治通鑑稽古録

第五十一卷
奏狀
言舉官　薦劉攽
薦鄭揚庭　薦范祖禹

舉陳顧　舉張舜民

薦王大臨　乞官劉恕一子

乞官陳洙一子　所舉孫準有罪自劾

論李定劄子　論責降劉琦等劄子

言郭昭選貼黃　論差遣例除監司

論監司守資格任舉主

第五十一卷

奏議

乞施行制策劄子　乞推恩老臣劄子

乞后族不推恩劄子　乞放宮人劄子

乞分十二等以進退群臣　乞罷修感慈塔劄子

乞有犯惡逆不孝長官自劾乞體量京西陝西災傷劄

第五十三卷
奏議
請建儲副或進用宗室　第二狀
第四狀
請建儲副或進用宗室

第五十四卷
奏議
乞建儲上殿劄子　乞建儲上殿第二劄子
乞皇子伴讀官授舉者　乞召皇姪就職劄子
初除中丞上殿劄子　乞罷詳究宰臣押班劄子

第五十五卷
奏議
乞延訪群臣上殿第一劄子　第二劄子

第三劄子　第四劄子
乞簡省饗讌聖節劄子乞降黜上殿劄子
乞罷近臣恩命上殿劄子

第五十六卷

奏議

乞施行制國用疏　乞節用
乞裁決機務　乞經席訪問
乞簡省御史條約　乞選人試經義
論移張叔詹知蔡州不當貼黃
言張方平第一劄子　第二劄子

第五十七卷

奏議

乞與傅堯俞等責降劄子　第二劄子
第三劄子　第四劄子
乞留傅堯俞等劄子　乞留韓維呂景劄子
乞留呂誨等劄子　乞留吳奎劄子
乞復夏倚差遣劄子　乞差告哀使劄子
第五十八卷
奏議
進五規狀　保業
惜時　遠謀
重微　務實
第五十九卷
奏議

爲孫太傅乞外廣西轉運判官　論張堯佐除宣徽使狀
論周沆事乞不坐馮浩狀　論麥允言給鹵簿狀
論劉平招魂葬狀　論夏竦謚狀
第二狀

第六十卷

奏議

乞御殿劄子　乞車駕早出祈雨劄子
乞訪問四方雨水劄子　乞以假日入問聖躬劄子
請不受尊號劄子　乞不受尊號劄子
上禮習疏

第六十一卷

奏議

言永昭陵建寺劄子　言山陵擇地劄子
乞撤去福寧殿前樂女劄子　言遺賜劄子
第二劄子　言遣奠劄子
言講筵劄子　言張茂則劄子

第六十二卷

奏議

言爲治所先上殿劄子　言北邊上殿劄子
言西邊上殿劄子　言饑粮上殿劄子
言施行封事上殿劄子

第六十三卷

奏議

言招軍劄子　論勸農上殿劄子

論荒政上殿劄子　論治要上殿劄子
論正家上殿劄子

第六十四卷

奏議

言賑貸贍流民劄子　言畜養上殿劄子
第二劄子　第三劄子
第四劄子

第六十五卷

奏議

請早令皇子入內劄子　言後宮等級劄子
言石樽劄子　言除盜劄子
言備邊劄子　言蓄積劄子

第六十六卷
奏議
論夏國入界劄子　論進賀表恩澤劄子
論追尊濮安懿王爲安懿皇　論宰相押班劄子
論皇太后取索劄子　論后妃封贈劄子
第六十七卷
奏議
爲韓琦等議濮安懿王典禮　與王珪等論議濮安懿王典禮
議謀殺已傷案問欲舉而自首議　議祧遷狀
議免北使狀　議免北使第二狀
乞改郊禮狀　乞矜恤陳洙遺孤狀
乞懲勸均税官吏狀　乞黜降第一狀

乞降黜第二第三狀　乞降黜第四狀第五狀

第六十八卷

奏議

乞王陶只除舊職劄子　乞更不責降王陶劄子
乞直講不限年及出身　乞講尚書劄子
乞濮王典禮劄子　乞令朝臣轉對上殿
乞開講筵劄子

第六十九卷

奏議

論屈野河西修堡　第二狀
修築皇地祇壇　日食遇雲乞不稱賀
論赦及疎决

第七十卷

奏議

論夜開宮門狀　論環州事宜狀
論蘇安靜狀　論李璋知衛州狀
論張田狀　第二狀
論張方平第一狀　第二狀
第三狀

第七十卷

奏議

論劉策等第狀　諸科試官狀
論兩府遷官狀　論燕飲狀
論以公使酒遺人狀　論上元令諸人相撲狀

論公主宅內臣狀

第七十二卷

奏議

乞罷陝西義勇劄子　第二劄子

第三劄子　第四劄子

第五劄子　第六劄子

第七十三卷

奏議

言醫官第一劄子　第二劄子

言內侍差遣上殿劄子　言高居簡劄子

第二劄子　第三劄子

第四劄子　第五劄子

第七十四卷

奏議

第七十五卷

奏議

第七十六卷

奏議
言郭昭選劄子　言程戡第一劄子
第二劄子　言程戡施昌言劄子
言任守忠劄子　第二劄子
第三劄子

第七十七卷

奏議
言賈黯劄子　言王逵第一劄子
第二劄子　言陳烈劄子
言趙滋第一劄子　第二劄子
言陳述古劄子　言孫長卿劄子
第二劄子

第七十八卷

奏議

論乞優老上殿劄子　論赦劄子
論上元遊幸劄子　論寺額劄子
論修造劄子　論後殿起居劄子
論御藥寄資劄子　論皇地祇劄子
論虞祭劄子　第二劄子

第七十九卷

奏議

論臣僚上殿屏人劄子　論皇城司巡察親事官
論復置豐州劄子　論覃恩劄子
論董淑妃謚議兼禮　上殿謝除待制劄子

辭賜金第一劄子　第二劄子
第八十卷
奏議
辭免醫官劄子　辭放正謝劄子
審內批指揮劄子　辭免放正謝第二劄子
第三劄子　隨乞宮觀表辭位劄子
第二劄子　爲病未入謝劄子
辭左僕射劄子　第二劄子
第三劄子　辭轉官劄子
第二劄子　第三劄子
第四劄子　第五劄子
第八十一卷

奏議

辭接續支俸劄子　辭三日一至都堂
辭入對小殿　辭南康章服
乞與諸位往來商量公事乞進呈文字
第二劄子　第三劄子
第四劄子　乞赴延和殿常起居
後殿常起居乞拜

第八十二卷

奏議

表狀　笏記

陳乞宮觀表　第二表
謝生日禮物表

辭免正議大夫表　太皇太后表
謝正議大夫表　太皇太后表

第八十三卷

奏議

辭龍圖閣直學士第一狀　第二狀
第三狀　辭翰林學士第一狀
第二狀　第三狀
除待制舉官自代狀　貢院乞逐路取人狀

第八十四卷

奏議

乞虢州　第二狀
第三狀　辭修注

第二狀　第三狀
第四狀　第五狀
第八十五卷
奏議
辭知制誥第一狀　第二狀
第三狀　第四狀
第五狀　第六狀
第七狀　第八狀　第九狀
第八十六卷
奏議
除兼侍讀學士乞先次上殿乞免翰林學士
辭免館件　辭免裁減國用

乞聽宰臣等辭免郊賜　乞奔神宗皇帝喪
謝御前劄子
第八十七卷
奏議
辭樞密使　第二劄子
第三劄子　第四劄子
第五劄子　貼黃
第六劄子　再乞西京留臺
辭門下侍郎　第二劄子
第八十八卷
書
上王安石第一書　第二書

第三書

第八十九卷

書

與范景仁書　與景仁論樂書

景仁復書

第九十卷

書

再與景仁書　景仁再荅書

又與景仁書　景仁又荅

第九十一卷

樂書

與景仁　景仁荅

與景仁　景仁復
與景仁論中和書　景仁荅中和書
與景仁再論中和書　景仁再荅中和書

第九十二卷

樂書

與景仁論中和簡　景仁荅簡
與景仁小簡　景仁荅小簡
又與景仁小簡　與景仁論積黍書
景仁荅積黍書　又小簡

第九十三卷

樂書

景仁荅中和論　再與景仁論中和啓

第九十四卷
樂書
中和論呈韓秉國與景仁　秉國復論
再與秉國論中和呈景仁　又與小簡
再簡　與李子儀書
荅程伯淳　荅呂由庚
第九十五卷
序
進孝經指解序　呂獻可章奏集序
家範序　送李子儀序
諸兄子字序　越州張察推字序
第九十六卷

序

河南志序　洛陽耆英十二老會序

劄子御批

辭免恩禮劄子　謝減拜禮劄子

聖旨劄子　辭免供職劄子

謝許乘轎子劄子　御批　聖旨劄子

第九十七卷

表　啓

慰神宗皇帝表　獻資治通鑑表

進古文孝經表　奏王安石表

謝提舉崇福宫表

啓

賀李大臨知制誥啓

第九十八卷

啓狀　手書

授門下相謝兩府狀　謝親王使相狀

謝兩制狀　回謝外任諸官啓

與卑官啓狀　回北京相公辞免狀

回謝賀正狀　回謝賀冬狀

回遠迎狀三　答董平勉殿丞書

又啓　慰人父母亡殁狀

十二月氣候　與稍尊及平交啓狀

第九十九卷

記

仁宗御書記　韓魏公祠堂記
獨樂園記　陳氏四令祠堂記
先公遺文記　諫院題名記
聞喜縣重修縣學記　秀州真如院法堂記
竚瞻堂記

第一百卷

雜著

四言銘　解禪六偈
訓儉文　書田諫議碑陰
書孫之翰墓誌後　讀張中丞傳
記歷年圖後　題絳州鼓堆詞

第一百一卷

疑孟
史剡
第一百二卷
迂叟日録并序
第一百三卷
日録
第一百四卷
日録
第一百五卷
日録
第一百六卷
詩話

第一百七卷
傳
圉人傳 張行婆傳
猫虪傳 投壺新格
第一百八卷
祭文
代韓魏公祭范希文 祭韓魏公文
祭呂獻可文 祭周國太夫人文
哀辭
石昌言哀辭
第一百九卷
挽詞六十三首

王侍郎挽辭 二首　哭劉仲原 二首
呂宣徽挽詞 二首　魏忠獻公挽詞 三首
龔子高挽詞 三首　邵堯夫挽詞 二首
姑太傅宿挽詞 二首　辭墳

第一百十卷

傳　墓誌

范景仁傳　自敘清河郡君
蘇軾母程氏墓誌

第一百十一卷

墓誌

蘇騏驥墓碣銘　右班殿直傅公墓誌銘
縉雲縣尉張公墓誌　大理寺丞龐之道墓誌銘

太常少卿司馬府君墓誌　贈都官郎中司馬君墓誌
駕部司馬府君墓誌　殿中丞薛府君墓誌
第一百十五卷
行狀
第一百十六卷
神道碑　司馬溫公謚議
考功覆議

增廣司馬溫公全集目錄

增廣司馬温公全集卷一

手録

迩英留對録

是日光講資治通鑑賈山上䟽言秦皇帝居絶滅之中不自知事因言從諫之美拒諫之禍晏子和同水火醯醢塩梅皆相反之物宰夫濟其不及以泄其過若羹以醎復濟以塩酸復濟以梅何可食也伊尹戒太

甲有言逆于汝志必求諸非道人之情孰不欲其順己而惡其逆惟聖賢知順之損逆之益譬言猶醴能適口而醉人藥雖苦口而治病以是臣之於君剛則和之柔則折之明則晦之晦則明之非故相反欲裁其有餘補其不足就皇極爾若逆己者即黜降順己者即不次拔擢則諂諛日進忠正日疎非廟社之福也

上曰舜堲讒說殄行若臺諫欺罔爲讒安得不出光曰進讀及之耳時事自不敢論也及退上留光謂曰呂公著言藩鎮欲興晉陽之甲豈非讒說殄行也光曰公著平居與儕輩言猶三思發何故上前輕發乃爾外人多疑其不然 上曰此所謂靜言庸違者也光曰公著誠有罪不在今嚮者朝廷委公著專舉臺

官公著乃盡舉條例司之人與條例玄相表裏使熾張如此此乃始逼於公議復言其非此所可罪也光曰公著與韓琦親何故以險語讒之 上曰非讒琦也志在君側之人耳光曰據誥詞則讒琦也光曰公著有罪無罪在於事實不在告詞今告詞雖云尒外人皆云公著坐乞罷條例司及言呂惠卿姦邪不云坐爲讒也上曰安石不好官職及自奉養可謂賢者光曰安石誠賢但性不曉事而復執拗此其短也又不當信任呂惠卿眞姦邪而爲安石謀主安石爲之力行故天下并指安石爲姦邪也

上笑光曰李定有何異能而拔用不次上曰孫覺薦之邵亢亦言定有文學恬退朕召與之言誠有經術

故欲以言職試之光曰宋敏求繳定詞頭何至奪職上曰敏求非坐定也朕令草呂公著誥詞言興晉陽之師除君側之惡王安石以諭敏求而曾公亮以爲不可敏求不遵聖旨而承公亮之語但云援据非宜而已光曰公著誠有此言不過欲朝廷從琦言罷青苗耳語雖過差原情亦可恕也今明著於誥詞暴之內外君不密則失臣造膝之言若皆暴以爲罪自今群臣誰敢爲　陛下盡言者臣以爲敏求隱晦其語亦未爲失體也且敏求非承聖旨據曾公亮之言而爲之耳上曰公亮安石各傳聖旨不同亦當奏稟也

上曰李常非佳士屬者安石家居常求對極稱其賢以爲朝廷不可一日無也若以臣異議青苗之故寧

可遂臣不可罷安石也既退使康生具以此言告安石以賣恩光曰若亦誠罪人也　上曰有詐爲諫書動搖軍衆且曰天不祐　陛下致聖嗣不育或云卿所上又云韓琦光曰臣所上書　陛下皆見之且自未嘗以草示人也　上曰卿所言外人無知者臺諫所言狀未知而今人已遍知矣　上曰今天下訩訩者孫叔敖所爲國之有是衆之所惡也光曰然　陛下當審察其是非然後守之今條例所爲獨安石韓絳吕惠卿以爲是也天下皆以爲非也　陛下豈獨與三人共爲天下耶遂退

邇英讀資治通鑑録

邇英殿讀資治通鑑至曹參代蕭何爲相國一遵何

故堪光因言曹參以無事鎮撫海內得其要守成之道故孝惠高后之時天下晏然衣食滋殖上曰使漢常守蕭何之法久而不變可乎光曰豈獨漢也夫道者萬世無弊夏商周之子孫苟能常守禹湯文武之法何衰乱之有乎故武王克商曰乃反商政政由舊然則雖周室亦用商之舊政也書曰無作聰明乱舊章詩曰不愆不忘率由舊章然則祖宗舊法何可廢也漢武帝用張湯之言多改舊法汲黯面責湯徒取高皇帝約束紛更之至晚年盜賊並起由法令之煩也宣帝用高祖舊法但擇良二千石使治民而天下大治元帝初元用群下之言頗改宣帝之政丞相衡上疏言竊恨國家釋樂成之業虛為此紛紛也陛

下視宣帝元帝之爲政評則爲優荀子曰有治人無治法故爲治在得人不在變法也　上曰人與法亦相表裏耳光曰苟得其人則無患法之不善不得其人雖有善法失先後之施矣當急於求人而緩於立法也

迩英論利口録

光讀通鑑至張釋之論嗇夫利口呂惠卿在坐孔子稱利口之覆邦家夫利口何至覆邦家蓋其人能以是爲非以非爲是以賢爲不肖以不肖爲賢人主苟以非爲是以是爲非以賢爲不肖以不肖爲賢邦家之覆誠不難矣

呂惠卿講咸有一德録

呂惠卿於迩英殿講咸有一德因言法不可不變先
王之法有一歲一變者正月始和布於象魏者是也
有五歲一變者五載一巡狩考制度於方岳是也有
一世一變者刑罰世輕世重是也有百世不變者父
慈子孝兄友弟恭是也前日司馬光言漢守蕭何之
法則治變之則乱臣竊以為不然惠帝除三族罪妖
言令挾書律文帝除收帑令安得謂之不變哉武帝
以窮兵黷武奢淫厚斂而盗賊起宣帝以總覈名實而
天下治元帝以任用恭顯殺蕭望之而漢道衰皆非
由變法與不變法也夫弊則必變安得坐視其弊而
不變也書所謂無作聰明乱舊章謂實非聰明而強
作之非謂舊章不可變也光之措意蓋不徒然必以

國家近日多更張舊政因此規諷又以吕制置三司條例及看詳中書條例故發此論也且願　陛下深察光言苟光言爲是則當從之若光言爲非　陛下亦當播告之脩不匿厥旨召光詰問使議論歸一上召光謂曰卿聞吕惠卿之言乎惠卿之言如何光對曰惠卿之言有是有非惠卿言漢惠文武宣元治乱之躰是也其言先王之法有一歲一變一世一變則非也周禮所謂正月始和垂於象魏者乃舊章也非一歲一變也亦猶州長黨正族師於歲首四時之首月屬民而讀邦法也天子恐諸侯變禮易樂壞舊章故五載一巡狩以考察之有變乱舊章者則削黜之非謂五歲一變法也刑罰世輕世重者蓋新國乱國

平國隨時而用非謂一世一變也且吾所謂率由舊
章者非謂坐視舊法之弊而不變也臣前日固云道
者萬世無弊禹湯文武之法皆合於道後世子孫稍
稍變易遂至失道及遇中興之君必當變復之所
變者以復禹湯文武之治求合於道而止耳此所謂
率由舊章也若夫挾書妖言之律又安可守而不變
耶故變法者變以從是也舊法非則變之是則不變
也若夫無是無非一皆變之以示聰明此所謂作聰
明乱舊章也譬之於宅居之既久屋瓦漏則整之垣
墉缺則補之梁柱傾則正之亦可居也苟非大壞豈
必盡毀而更造哉苟欲更造必得良匠又得良材然
後可爲也今既無良匠又無良材徒以少許之缺漏

乃欲盡毀之更欲造之臣恐其無所庇風雨也且變法豈其易哉在周易革巳曰乃孚元亨利正悔亡元者善之長也亨者嘉之會也利者義之和也貞者事之幹也具此四德然後革而悔亡苟或不具則又豈無悔也雖具四德亦當革之以漸久而後民從之也漢元帝數更法令隨輒復改者不能無悔故也臣承乏經筵惟知讀經史經史有聖賢事業可以裨益聖德者臣則委曲發明之以助萬分本實無意譏惠卿制置三司條例及看詳中書條例也惠卿乃以臣為譏之臣非敢私有言也今講筵之官及左右之臣皆在此乞陛下詢之不知此二局者果為當置耶不當置耶國家設三司掌天下財利儻不任職則當黜

而去之更得賢者使代其位不當奪其職業使兩府
主之也今於兩府各取一人引設寮屬以制置三司
條例則是三司條例爲皆無所用也中書政事之所
從出當以道佐人主用區區之條例而更委官看詳
苟事事皆撿條例而行之則胥吏可爲耳何必更擇
賢才以爲宰相也然則二局者不當置在理甚明而
臣前日之論則誠無意譏惠卿也惠卿曰司馬光備
位侍從見朝廷事有未便即當論列有官守者不得
其守則去有言責者不得其言則去豈可嘿已光曰
前者詔書責侍從之臣言事臣嘗上疏指陳當今得
失如制置條例司之類盡在其中未審得達聖聽否
上曰見之光曰然則臣不爲不言也至於言不用而

不去此則實是臣之罪也惠卿責臣實當其罪臣不敢逃上曰相與講論是非耳何至乃尓王禹玉進曰司馬光所言盖以朝廷所更之事或為利甚小為害甚多者亦不必更耳因目光令退禹玉進讀史記光讀通鑒畢降階將退上命遷坐聚閾内御塌之前皆命就坐禹玉禮辤不許乃皆再拜而坐左右皆避去上曰朝廷每更一事舉朝士大夫詾詾皆以為不可又不能指明其不便者果何事也禹玉等皆對曰臣等疏賤在闕門之外朝廷之事不能盡知借使聞之道途又不知其虚實也上曰據所聞言之光曰近聞朝廷散青苗錢兹事非便今夫閭里富民乘貧者乏無之際出息錢以貸之俟其收積責以穀麥貧

者寒耕熱耘僅得斗斛之收未離場圃已盡爲富室奪去彼皆編戶齊民非有上下之勢刑罰之威徒以富有之故尚能蠶食細民使之困瘁況縣官督責之嚴乎孟子所謂又稱貸而益之者也臣恐細民將不聊生矣呂惠卿曰司馬光不知此事彼富室爲之則害民今縣官爲之乃所以利民也昨者青苗錢令民願取者則與之不願者不強也俟收穫之際令以在市中價折納穀麥此所以救貧者之無息富人之貪暴也今常平倉元價甚貴經十餘年乃一糴或腐朽以害主吏或價貴人不能糴故不若散青苗錢之爲利光曰臣聞作法於涼其弊猶貪作法於貪弊將若何彼常平倉者穀貴不傷農穀賤不傷民公私俱利法

之至善者也及其弊也吏不得人數賤不糴反爲民
害況青苗錢之法不及常平之遠乎昔太宗平河東
輕民租稅而戍兵甚衆命和糴糧草以給之當是之
時人希物賤米一斗直十餘錢草一圍直八錢民皆樂
與官爲市不以爲病其後人益衆物益貴而轉運司
常守舊價不肯復增或更折以茶布或復支移折變歲
饑租稅皆免而和糴不免至今爲百姓患如在膏肓之
疾朝廷雖知其害民以用度之乏不能去之臣恐異
日諸路青苗錢之害民亦如河東之和糴也上曰
聞陝西先已行之久矣民不以爲病也光曰臣家陝
西有自鄉里來者皆言去歲轉運司只奉朝廷指揮
擅散青苗錢取民今夏麥不甚熟而上司督責嚴

急民不勝愁苦況朝廷明有指揮彼得以憑行之乎
轉運使本以聚斂為職取之無名猶欲掊之況今取
之有名乎彼勾當青苗錢者來云陛下前云百姓
欣然願此錢以為生者皆由其口所言亦臣所聞者
民間事也惠卿曰光所言者皆吏不得人故為民害
耳若使轉運司州縣皆得其人安有此弊光曰如
惠卿之言乃前日所謂有治人無治法國家當急於
求人緩於立法者也上又言坐倉糴何如王禹玉等
起對曰坐倉甚不便朝廷近罷之甚善上曰未嘗
罷也光曰坐倉之法蓋因小郡倉中乏米而庫有餘
錢故反就軍人糴米以給次月之糧出於一時之急
計耳今京師倉有七年之儲而府庫無錢更糴軍人

之米使之積久陳腐其爲利害非臣所知也呂惠卿
曰令京師坐倉得米百萬石則減東南歲漕百萬石
轉易爲錢以供京師何患無錢光曰臣聞即今江淮
之南民乏錢謂之錢荒而土宜粳稻彼人食之不盡
地又卑濕不可留積若官糴不取以供京師則無所
發施必甚賤傷農矣且民有米而官不用米民無錢
而官必使之出錢豈通財利民之道乎吳申曰司馬
光之言可謂至論光曰此等細事皆有司之職所當
講求不足以煩聖慮陛下但當擇人而任之有功
則賞有罪則罰此乃陛下職耳上曰然所謂文王
罔攸兼於庶言庶獄庶慎惟有司之牧夫者正謂此
也上復與衆人講論至道至晡後禹玉等請起上命

賜湯復謂光曰卿勿以嚮者呂惠卿之言遂不慰意
光對曰不敢遂退

增廣司馬温公全集卷二

手録

奏劄并舉蘇軾等録
垂拱登對乞知外郡録
延和登對乞外補録
蘇軾策問進士録
蘇軾擬試進士録
議置條例司不便録
張戩陳述古請罷條例司録
罷條例司歸中書録
迩英奏對録

奏劉并舉蘇軾等錄

上讀奏劉問近相陳升之外議云何光對 陛下擢用宰相臣愚賤何敢與知 上曰第言之光曰今已降麻誕告中外臣雖言何益 上曰雖然試言之光曰閩人狡險楚人輕易今二相皆閩人二參政楚人必將援引鄉黨之士充塞朝廷天下風俗何以得更淳厚 上曰然今中外大臣更無可用者獨升之有才智曉民政邊事它人莫及光曰升之才智誠如聖旨但恐不能臨大節而不可奪耳昔漢高祖論相以爲王陵少戇陳平可以輔之平智有餘然難獨任真宗用丁謂王欽若亦以馬知節參之凡才智之人必得忠直之人從旁制之此明主用人之法也 上曰然

外之朕固已識之光曰富弼老成有人望其去可惜
上曰朕所以留之至矣彼堅欲去光曰彼所以欲去
者蓋以所言不用與同列不合故也 上曰若有所
施爲朕不從而去可也自爲相一無施爲惟知求去
彼信于尼之言云雖覩國家事亦勿與知故也 上又
曰王安石何如光曰人言安石姦邪則毀之太過但
不曉事又執拗耳此實也 上曰韓琦敢當事賢於
富弼但木強耳光曰琦實有忠於國家之心但好遂
非此其所短也 上因歷問群臣至呂惠卿光曰惠
卿憸巧非佳士使安石負謗於中外者皆惠卿所爲
也近日不次進用大不合衆心 上曰惠卿應對明
辯亦似羙才光曰惠卿文學辯慧誠如聖旨然用心

不端　陛下更徐察之江充李訓若無才何以能動
人主上因論臺諫　光曰臺諫天子耳目臣　陛下
當自擇其人今言執政短長者皆斥逐之盡易以執
政之黨臣恐聰明之有所蔽也　上曰諫官難得卿更
爲擇其人光退而舉蘇軾陳薦王元規趙彥若等

　　垂拱登對乞知外郡録

垂拱登對乞知許州或西京留司御史臺國子監
上曰卿何得出外朕欲申卿前命卿且受之光曰臣舊職
且不能供求外補況敢當進用上曰何故光曰臣必
不敢留上沉吟久之曰王安石素與卿善卿何自疑
光曰臣素與安石善但自其執政違迕甚多今迕安
石者如蘇軾輩皆毀其素履中以危法臣不敢避削

黜茍全素願自善安石豈如公著安石所舉公著去
何後毀之去何彼一人尔何前是而後非必有不信
者矣　上曰安石與公著如膠漆及其有罪不敢隱
其惡乃安石之至公也　上曰青苗已有顯効光曰
茲事天下知爲非獨安石之黨以爲是尔　上曰蘇
軾非佳士卿誤知之鮮于侁在遠軾以奏藁傳之韓
琦贈銀三百兩而不受乃販塩及蘇木甆器　光曰凡
責人當察其情軾販鬻之利豈能及所贈之銀乎安
石素惡軾　陛下豈不知以姻家謝景温爲鷹犬使
攻且豈能自保不可不早去也曰軾雖不佳豈不勝
李定定不服母喪禽獸之不如安石喜之欲爲臺官

又一日延和殿召對求許州文潞薨矣上曰須得許州耶光曰臣安敢必但稍便鄉里即幸耳　上曰西京如何光對非才不能去朝廷老遺一不敢辭因拜謝而退

蘇軾策問進士録

介甫初爲政每贊上以獨斷上專信任之軾爲開封試官策問進士以晉武平吳以獨斷而克苻堅伐晉以獨斷而亡齊桓專任管仲而霸燕噲專任子之而敗事同而功異何也介甫見之不説軾弟轍辭條例司言青苗不便介甫尤怒乃定制策登科者不復試館職皆送審官與合入差遣以軾轍兄弟故軾有表弟選人素與軾不叶介甫使人召之問軾過失其人言向丁母憂販私鹽蘇木等事介甫雖銜之未有以

發也軾又數上章言時政得失今春擬進士皆譏刺介甫以詔制舉諫官衆論皆以當今宜爲諫官者無若傅堯俞蘇軾故與堯俞者六七人而景仁舉軾是溫恐軾爲諫官攻介甫之短故以謗語力排之云范鎮舉蘇軾充諫官軾兩丁憂多占舟船販私鹽蘇木及服闋入京多占人兵介甫下淮南江南東西荊湖北夔州成都六路轉運司體量其狀蘇軾字子瞻眉州人其服闋入京仍太州迎淛知府軾因帶以來景溫素附介甫與介甫弟安國爲姻家故介甫用爲知雜御史仍不置中丞及諫官恐其異己故也

蘇軾擬進士對策錄

韓東國呂惠卿初考策切直者皆在高等訐直者多

在下列。宋次道、□□孫覺覆考及之。呂惠卿、陳述古多從初考。葉祖洽策言祖宗多因循苟簡之政，陛下即位革而新之。初考爲三等上，覆考爲五等中。沖卿等奏之，從初考。李才元、蘇子瞻編排上官均第一，祖洽第二，陸佃等五七。今陳枏面讀均、祖洽策，擢祖洽第一。上又問傯米安在。傯者，佃卷號也。擢爲第三。子瞻退擬進士對策而獻之，且言祖洽詆祖宗以媚時君而魁多士，何以正風化。

議置條例司不便録

介甫與晦叔素親厚，患臺諫多横議，故用晦叔爲中丞，專使之舉臺諫官。晦叔悉舉條例司人王子韶、程灝等以爲臺官。既而天下皆患條例司爲民患，晦叔乃復言條例司不便請罷之屢奏上不聽各居家請罪介甫以晦叔叛己怨之尤深已而上語執政呂公著嘗言韓琦乞罷青苗錢數爲執事所沮將興晉陽之甲以除君側之惡介甫白用此爲晦叔罷除侍讀學士知潁州次道當爲告詞介甫使之明著其語曾公以爲不可次道但云敷陳失實援據非宜介甫怒明日進呈改之曰比大臣之抗章因便殿之奏對輒誣藩鎮有除惡之謀深駭予聞無事理之實晦叔素謹審實無此語或云華老嘗爲上言今藩鎮大臣如此論列而遭黜斥若當有唐末五代之際必有興晉陽之甲以除君側之惡者矣上誤記以爲晦叔也介甫以子華掌條例司以潤秉國爲中丞欲其無異議也

述古言其不可謀國亦圖倖乃以當世代之

張戩陳述古請罷條例司錄

張戩爲監察裏行請罷條例司因中書極諫陳其事辭氣甚厲介甫以扇掩面而笑戩怒曰參政笑戩戩亦笑參政所為事耳豈惟戩笑天下誰不笑者聯叔解之曰察院不須如是戩顧曰只相公得無過耶退而家居中臺不視事而待罪戩字天祺陳述古方言條例司當罷介甫白上以述古試知制誥程灝方待罪介甫除灝權遣京西提刑述古不肯就試乃復以為脩注灝亦辭提刑以為澶州簽判述古雖青苗而辭婉故除官獨優

罷條例司歸中書錄

上久欲罷之難傷介甫意常謂文公曰俟羣言稍息
當罷之比設制置條例司以均天下貨財今大端已
舉宜罷歸中書其務悉以屬成效吏人中書爲額
外堂官密院者爲副所留三勾覆官並除供奉官蘇
轍云

邇英奏對録

熙寧二年八月十一日邇英進讀已上問河北災變
何以救之光對曰河北人水倉廩漂沒所難得者莫
先於食朝廷若降金帛令配賣於民以糴穀則重增
煩擾且禾稼蕩盡糴之亦無所得故饑饉之歲金帛
無所用惟食不可一日無耳上曰已令糴五十万石
以賑之可足乎對曰臣聞滄州所積白自五十一万石

所漕者裁能給滄州三分之一耳　上曰然則奈何
對曰臣聞河北東西路水所不及州縣頗稔可糴又汴
流未絕宜多漕江淮之穀以濟之　上又問諫官難得
人誰可者對曰臣賤官何敢薦人　上固問之對曰臣
倉卒不能記容臣退而密奏　上因問治道言州縣長吏
多不得人政府不能精擇對曰人不易知天下三百
餘州責其精擇誠難但能擇十八路監司使之擇所
部知州而進退之知州擇所部知縣而進退之得人
多矣今之提轉古方伯州牧之任係一路休戚咸當
慎擇天下賢才不可但取資序及酬奬爲之也　上又
問兩府辟郊賚劄子何不進呈對以同僚有假故也
曰玆事何如對曰臣已有奏狀臣所見止如此更乞博

訪近臣裁以聖意上曰誰不同對曰獨臣有此愚見
它人皆不以爲然上曰朕意亦與卿同聽其辭賞乃
所以成其美非薄之也然減半無益大臣懇辭不若盡
聽之對曰今郊賚下至卒伍皆有之而公卿更無恐於體
未順上曰已有帶馬矣對曰求尽納者人臣之志賜其
半者人主之恩也後數日光與王珪王安石同進呈郊
賚劄子於延和殿光言方今國用不足災害荐臻節省冗
費當自貴近爲始宜聽兩府辭賞爲便介甫曰國家
富有四海大臣郊賚所費無幾而惜不之與未足富國
徒傷大體昔常衮辭賜饌時議以衮自知不能當辭祿
今兩府辭郊賚正與此同耳且國用不足非當今之急
務也光曰常衮辭祿位猶知廉耻與夫固位且貪祿

者不猶愈乎國家自真廟之末國用不足近歲尤甚何得言非急務耶介甫曰國用不足由未得善理財之人故也光曰善理財之人不過頭會箕斂以尽民用如此則百姓困窮流離爲盜豈國家之利耶介甫曰此非善理財者也善理財者民不加賦而國用饒光曰此桑羊欺漢武帝之言司馬遷書之以譏武帝之不明耳天地所生貨財百物止有此數不在民間則在公家桑羊能致國用之饒不取於民將焉取之果如所言武帝末年安得盜賊蜂起遣繡衣使者逐捕之非民疲極而爲盜耶此言豈可據以爲實介甫曰太祖時趙普等爲相賞賚或以萬數今郊賚疋兩不過三千豈爲多光曰普等運籌帷幄平定諸國賞以万數

不亦宜乎今兩府助祭奏中嚴外辦訖豎奉慰乃有何可勤而得與昔華平與介甫爭論久之禹玉曰司馬光上言省費自貴近始此言甚是安石言所費不多恐傷國體安石之言亦是也惟陛下裁之上曰朕意與司馬光同然且以不允答之可也是日適會介甫當出朝遂以上前所言告中書以引常衮事以責兩府兩府亦不敢言惟故請辭之總乃介甫與語兩府不敢先出疏至聽後乃出不數日介甫參知政事

卷三　手録（原闕）

卷四　手録（原闕）

卷五　手録（原闕）

卷六　稽古録（原闕）

卷七　稽古録　論上（原闕）

卷八　稽古録　論下（原闕）

卷九　策問（原闕）

司馬文正公全集卷第十

律詩

虞帝

虞帝老倦勤薦禹爲天子豈有復南巡迢迢度湘水
至德遠無象異論紛紛起意疑大聖人蔽儉亦如已
乃知中下士何由逃謗毀

送昌言知宿州

煒燁符離守中流簇鼓旗秋陰濃不斷舟勢激如飛
魏闕行歸奏承明秪暫違星軺晨夕度尺素勿令稀

送昌言舍人得告還蜀 三首

迢遞銅梁道凝寒青鎖闈負書當日去鳴玉此時歸

鄉樹迎朱轂，江花照錦衣。臨邛不足並，榮耀古今稀。

又

悽愴懷桑梓，劬勞詠蓼莪。樹風今遠矣，鼎食柰悲何。劍閣登車近，秦關屈指過。騰裝纔首路，夕夢已江沱。

又

富貴動歸思，由來光里閭。戒門著主父，負弩哭相如。外物有榮悴，中心無慼疎。遥知見親舊，不改布衣初。

送仲更歸澤州

太行橫擁巨川回，三晉由來產異才。庚墓乘春走鄉陌，負書拂曉下蘭臺。河陽路側花應合，天井關頭雪未開。會使鄉人驚六印，莫著今日弊裘來。

送晁校理（仲衍，字子長）知懷州

雞犬相聞桑柘春風光明潤帝鄉鄰郡峯斜轉太行

角万谷同趍馬頻津簪組傾都邀别枝壺漿滿路候

行塵非君屬薄承明直天子方今重治人

送張寺丞覲知富順監

漢家五尺道置吏撫南夷欵使文公教兼令孟獲知

盤羞枸醬貫歌雜竹枝辞取酒須勸酔鄉関不可思

送劉觀察從廣知洺州

漢家英俊士衮衮出金張乆襲通侯籍新腰太守章

封疆連故趙盧井帶清漳春色迎鐃吹應志道路長

送燕諫議知潭州

長沙地饒美賈誼獨傷悲自古臨榮辱幾人無怨咨

使君擁符節大艦出江眉意氣陶然樂應無弟屈辞

送張兵部（中庸字常）知遂州

劒嶺横天古棧微相如重駕傳車歸雙親倚門望邑㐅千騎踏雪行如飛人間富貴非不有似君榮耀世亦稀聞道西川有遺象使我涕淚空沾衣（先人理小溪縣正版籍均賦役聞邑人至今誦之畫象猶存）

送冲卿通判河中府（校理吴充）

聞道名都行有期依然想見昔遊時寒光一曲秋河轉翠嶺三條夕照移孤竹舊風民有讓重華餘教俗無疵不須到日方登歷已在君家十二時

送人爲閬宰

万里東甌外雞山秀出群鄉人皆嗜學太守復工文正用慈良化居无牒訴紛誰云遠京國佳政日相聞

送才元知廣安軍歸成都覲省

皂蓋五驊騮今來與昔遊簞壺交里舍鼓吹下瀛洲壽酒當行舉歸鞭不可留春光久相待先在錦江頭

答劉遂父賀龐公惠炭

東郭先生履半穿御冬深愧主人賢應怜道上雪歌積意使炉中灰復燃麴蘖暗添寒酒力圖書共免濕薪煙茅齋計似饒光彩客至何憂臈後天

和范景仁夜讀試卷

案前官燭逼花頻滿目高文妙入神勇氣先登勢無敵巧心後發語尤新好賢何啻三禹貢求寶方知百汰真愚暮自非憑驥尾崑山千里到無因

又和雪齋

南宮來幾時挾纊易春衣意謂花將晚何言雪尚飛夜聲通旅枕曉色弄晴暉繼日勞王事離離鴈已歸

又和二月五夜風雪

春風正豪怒夜雪復飄揚勿使羈愁亂自知清興長簾踈聲淅瀝燈冷暈微茫此夕牛衣卧成名不可忘

景仁召遊東園馬上口占

適野自可愛況逢佳主人出穿宮柳影衣拂帝城塵物外誰知樂樽前別有春年華已消歇歷歷見松筠

和景仁瓊林席上偶成 時康禹玉景仁次道之子同時登科在席

念昔瓊林賜宴歸綵衣綠綬正相宜將鶵雖復慰心喜送叟翻成觸目悲殿角花猶紅勝火樽前鬢自白如絲桂林衰朽何須恨幸有新枝續舊枝

又和早朝書事

日氣曉先赤天形秋轉高風輕金轡勒霜重毳衣袍

又馬精神從前驕意思豪近來君在告連直幾番數龍

平日遊園常策節杖秋來發瘧復出貂褥

二物皆景仁所貺覩物思人斐然成詩

節杖攜已久貂褥長猶新漸染岷山雪拂除京國塵

危扶醉歸路穩稱病來身賴此齋中物時如見故人

和景仁謝寄西遊行記

洛川秦野鬱稱望風物山河帶帝鄉澗底逢人問樵

徑松門繫馬但僧房恨無同好攜三雅共講前聞醉

百場（李白詩願掃鸚鵡洲與君醉百場）一麾徧勝遊蹤恨望日邊回首

遠煙蒼

又

入水三川路渺茫覩微深處白雲鄉目聉懶拭如松彼領髮頰抓似栗房斜齾不嫌無用物形骸難入少年塲綠葛蹋破知多少千里歸來最齒蒼

和景仁聞蟬

春林滿巖綠誰信已鳴蟬葉上正多露山中別有天心閑寧感物道合況忘年坐聽生秋思何須膝上絃

和景仁宿饒鶴寺

回廊複閣勢縈紆四嶺中函一氣廬最愛欣欣向榮木每來相見不相踈

游噴玉潭（其日大風 呈景仁）

驚風動地起遊客望山行君待佳辰去應無好事名

又

万木叫穹谷駑駘岂不前猶勝望塵客佇立九衢邊

又

千尺山崖頭一派清古今不絕墜峥嶸長風卷起散巖巒此日方知噴玉名

和昊景仁噴玉潭

昨朝景氣如暮天僮僕流汗衣裘單安知向晚暴風作一變陽春成大寒比將結友尋名山偕傳徒步水石間棘刺罥衣行路難枯藤爲壽杖同攀援鵻（以毅[illegible]）百節攢時得門隙窺林巒景仁年長力更孱索衣執手幸不顛仍聞旁人有伏亮賴得與君俱早還

遊山呈昊景仁（景仁六十三歲）

我禄多龔舍（舍爲吏不識六百石輒自免去）君年少孔戣（戣七十致仕韓愈留之）道心閑始見世路老方知山水不相厭風光難豫期嬉遊不可後花卉即離披

和景仁遊壽安

宜陽城下作遊人都為衣冠不繫身衆竅怒號成地籟世勝終日在紅塵

疊石溪呈景仁

道傍行采藥石底卧題名（溪邊有石横出丁甚幽野景仁卧其下題名而去）老相迎拜谿童下見驚

又

山鳥勸人飲（山多提壺鳥）山蟬笑我狂（山蟬聲如笑小）歸時興未盡不得看斜陽

和景仁疊石溪

谿邊有村落，未始識紛華。去縣只數里，居民踰百家。山腰荒徑轉，谷口翠微遮。老木紛無際，重巒[illegible][illegible]涯。力窮纔到頂，勢盡復成窪。不定雲煙色，難名藥草芽。泥鈎蘿比屋，澗石載連車。谷中多葵究有淳風在，誰云太古遐。梁隨木性曲，簷逐地形斜。榛路牛呼犢，叢祠雀噪蛙。倚崖松偃蓋，落石浪翻花。安用遊青嶠，何須躡紫霞。好將詩筆寫，還入帝城誇。已買漁樵舍，毋令後約差。

應天院　朝拜回呈景仁

雞鳴上馬過河橋，何異東都赴早朝。紅日已高猶熟寢，此君殊未得逍遥。

和景仁卜居許下景仁嘗見許居洛今而背之故詩中頗致其怨云

壯齒相知約歲寒索居今日鬢俱斑拂衣已辭虞卿印築室何須謝傅山許下田園雖有素洛中花卉足供閑它年决意歸何處便見交情厚薄間

喜雨三首呈景仁侍郎兼獻大尹宣徽

累日增煩暑通宵結薄陰蒼茫變風色散漫作春霖野店垂楊重僧房綠篠深疎慵尤得趣閉户擁重衾

又

漠漠春雲合爞爞旱氣收人心方有望時雨不須求豈獨老農喜仍令嘉客留洛城花未謝作意更同遊

又

麥田正塵坌桑柘忽滂沲比屋起相告荷鋤行且歌

園林半扃鎖車馬絕經過大尹愛民物何妨喜吏多

景仁思歸雨未克行

嘉客念歸程泥深未可行今朝陰又重春雨亦多情

送景仁至丁正臣園寄主人

客到暫開扃春燕生滿庭主人殊不顧脩竹爲誰青

和景仁西湖泛舟

滿船歌吹拂春灣天外晴霞水底斑誰信飛觴臨綺席獨歸回首望青山古闌車馬怱怱別西洛風煙寂寂閑疊石溪頭應更好卻輸野叟坐林間

新買疊石溪莊再用前韻招景仁

一谿清水珮聲寒兩岸花苔錦繡斑三徑誰來上鄰舍千峯我已作家山鹿裘藜杖偏宜老紫陌紅塵不

大三百三十三青

稱閑早挈琴書遠　相就放歌爛醉白雲間

蚤來寄景仁二首去歲景仁約辛夷花開御來洛中芳繁謝乃去

辛夷花爛照故人　殊未來愁眉柳嫩綠更忍折殘梅

又

疊石溪上春芳茨卜築新　前言如不踐山蟬又笑人

和景仁七十一偶成

心地長閑為己物　年華不駐是天時　當如海上乘槎客　維揖都無任所之

六十寄景仁

從來好與天爭力　困竭方憇已力微　見事晚於遽伯玉　今知五十九年非

和景仁答子元寄示花圖

高士閑居舊名花獨步今移從洛浦遠徙自錦江深傳得巫山貌非因延壽金不須天女散已解動禪心

近歲衆共談禪獨景仁未耳亦有空格之句故卒章戲之

或謂其蚩景仁談禪而自談又因用前韻

為景仁解禪

睽子誤已久景仁迷自今良田拯溺急是致涉波深到岸何須栰深鉏不見金浮雲任來去明月在天心

景仁書云去冬因酒病耳病遂不入洛以詩寄呈

許昌攜手盡時共况復新開甲第成醉裏都將春作道老來不向酒藏情齒疎無礙銜盃趣耳病猶分度曲聲舊友昔遊渾忘却可憐寂寞洛陽城

贈清衍

我厭俗緣苦空爲薄宦牽如師眞達者於世必超然敝笠衝塵陌寒雲擁雪天崎嶇遠相顧深愧此心専

和道粹春寒叔館馬上口占

殘臘尚要春清寒更着人雪華猶惜別物意倍添新雲厭宮城重風調玉漏勻行遊宜結轡九陌未多塵

同次道元日宿尚書省聽戒寄常州邵不疑（去歲是日次道不疑齋直）

椒花獻歲新瑄玉侍祠類此夕同華省非才愧後塵江風迎茜旆沙雨待朱輪不比齋官冷端居棄擲春

和子淵元夕

神降崔嵬闕角齊銀蟾無影玉繩低風傳絲篁交加

發燈混星河上下迷清醴横飛金鑿落香塵不涴錦
鄣泥誰知此夕齋祠客近在宮城槐柳西

和子淵除夜

緹室重飛玉琯灰物華全與斗杓回依依殘臘無情
別曆曆新春滿眼來強取酒巵浮翠栢懶開椶葉覓
楊梅男兒努力平生志肯使功名落草萊

送王殿丞佫西京簽判

清白世風存王公復有孫挺生如玉樹不竭似淮源
月後松風緊春深洛水喧莫幕中多勝友肯使負芳樽

送謝官觀知光化軍

廐吏整車馬怱怱辦曉裝青袍出閶闔朱茀指滄浪
野店杏初發津亭柳未黃行行不可駐猶及勸耕桑

未開木芙蓉

木末采芙蕖騷人歌所無何言霜花豔不與水芝殊
香苞麝臍結茂葉桐陰敷豈若龜巢頻飄零老五湖

讀武士策

漢家求猛士雲集未央宮天外湖星淡山西將種空
奇謀紛並進壯節稟生風八陣縱横勢依然見目中

增廣司馬温公全集卷十一

律詩

雙竹

上苑通丹禁脩林繞玉堂周阿紆鏤檻並幹擢新篁
蕭灑駢瑤甃連翩拂璧璫風騰雙角直鯨噴兩鬚長
曉泊煙華重晴留雨氣涼分音成律呂齊秀待鸞皇
碧借雲霞潤清依日月光物情知有為天造固無方
比節群誠合虛心至道彰吾君愈勤德不敢有嘉祥

寄題常州東山寺

謝傅英聲高可攀結茅積土想東山常憂勝槩今朝
盡豈信風流千古還麈尾蒲葵供永日酒樽棊局奉

歡顔賢侯心近遥相望不使蘭陵風月閑

又

闕閲嵯峨動四方入門鸞鶴自成行青緺舊已臨佳辟墨客新帰耀故鄉醉舞幾應推屐齒對棊正欲賭香囊階庭玉樹寒相照更使東山逸氣長

正月二日與廣淵同出南薰門分趣齋宫

塗中成

並轡出都門葱蘢日欲旰野寒餘宿雪樹闇濕春雲稍望郊宫近先憂馬首分一朝猶戀戀可復久離群

二月三十日與同舍宴李氏園晚帰馬上

賦詩

門前蹀躞金羈鞲滿坐上連翩玉斝飛數尺遊絲思客

醉一行垂栁送人帰同邀勝友時難得重到名園花巳稀莫惜芳辰贐行樂無端風雨横相違

送師道知長溪因帰覲省

羈旅帝城久逢人青眼稀聞君又當去使我欲思帰佳色鄰鄉樹高堂望綵衣春流先自疾心出片帆飛

和次道奉慈齋宫見寄

去住邈如霄與塵依依欲別更相親雖知洛邑饒英俊莫忘齋廬並直人

送次道通判西京

相府新承檄蘭基舊校文題輿榮得士把袂惜離群首夏郊原秀晴陽草樹曛觚稜日邊遠關塞霧中分翠嶺林端出飛泉竹外聞金羈遊爛漫珠履醉繽紛

人服聲光重官無薄領勤歸期肯留滯漢主待淵雲

送李祠部復圭字書言

東郡隄縣苦鄉來煙火疎提封百里遠生齒万家餘
賢守車纔下疲人意已舒行聞謡五袴京廩滿郊墟

和道粹垂拱早朝王范二直閣班列在前戲成小詩

霽日扶霜仗祥煙覆曉班帝車回北斗天闕竦南山
紫殿鴻鸞肅金門虎豹環蓬萊兩仙伯逈立白雲間

早朝書事

太白明如李東方三丈高晨光孤照闕霧氣溼侵袍
槐柳經霜慘驊騮得路豪素餐無小補俛仰愧金鼇

登長安見山樓

到官今十日纔得一朝閑歲晚愁雲合登樓不見山

邵堯夫許來石閣久待不至

淡日濃雲合復開碧嵩清洛遠縈回林端高閣望已
久花外小車猶未來

春祠致齋寄呈景仁次道

比日聚官舍笑言曾未厭暫成揮手別各有侍祠嚴
晴景朝朝麗春容物物添解齋當共醉莫遣此期淹

送田校理字仲孚知晉州

銓筦萃賢豪夫君主劇曹長才沛餘裕衆論蔚推高
逮此分符貴知無迎刃勞公卿如有缺不獨賜金褒

和楊卿中秋月

秋氣平分夜流陰乍散天窺林初淡薄照席忽孤圓

冷入詩毫健光浮醉弁偏嘉賓勿輕去桂影正娟娟

感懷寄樂道

對食寧無愧銜恩豈免憂愚公欵轉石能者正操舟衢路豺狼立蓬蒿虺蜴遊松筠不榮落天地有春秋潭底寒蟾滿霜前紅葉稠要之無可奈萍梗任漂流

和惜春謠

朝來風雨歇春意漠然收去我不辭訣憑誰能借留杓星漸西轉洛水自東流曲渚撤華幄芳園罷綵毬雉鳴丘麥秀蠶起野桑柔亂絮天涯滿晴陽草際浮已嗟心緒減況復鬢絲稠懶聽新翻曲非爲負勝遊

劉伯壽坐中度曲命曰惜花謠

和陳殿丞芍藥

花工餘巧惜春殘更發濃芳繼壯丹檀點臟心般勝
纈異香迎鼻酷如蘭瓊樓窈窕仙家宅雲葉低垂醉
囊冠（纈子樓子寵子醉西施皆芍藥名品）自有殊功存藥録不當獨取
鄭詩看

昔余嘗宰韋城今重過二十五年矣慨然
有懷

二十五年南北走遺愛寂然民記否昔者嬰兒今壯
夫昔日壯夫今老叟

解州西相梯寺

鑿石開蹊峻登崖疊閣危笑談空谷應步武白雲隨
衆壑如翻浪隣州若布碁何當遂捿隱身世兩相遺

和君錫憶同遊龍門

昔曾陪五馬勝跡昔經行木落雙巖秀煙收一水清
人回雲嶺路鍾到國門聲別後常東望飛綏在帝城

憶同遊瀍上劉氏園

茅茨依曲岸桃李隱重扃共入林間路同刋洞口銘
柳陰分榻坐石瀨執盃聽自與山公別弥年不復經

感懷

黄河清濁定難變白髮新陳空復多勝事眼前無計
柰不遊不飲欲如何

到任明年二月罷官有作

恬然如一夢分竹守長安去日冰猶壯歸時花未闌
風光經目少恵愛及民難可惜終南色臨行子細看

送堯夫知河中二首

耆老承風舊紛綸錫命新展禽安屢黜原憲樂常貧
執志窮通一論交久要真但祈深自重膏澤待斯民

又

河抱城根曲山侵地勢斜周餘古樓觀舜俗舊人家
回首遊相闊北懷荒歲華何時重載酒同醉洛陽花

和堯夫見寄二首

志趣若難合倀倀何所依逢君始相照知我信為稀
忽報除書下徒瞻征蓋飛相思千里遠洛浦又春歸

又

仁政如慈父藹藹得所依教條前後接風迹古今稀
識郡縱書最還朝必奮飛西臺舊班列猶望繡衣歸

觀[illegible]兒戲感懷

我昔垂髫今白頭，中間出處亦東流。此心爭得還如爾，戲走堦前不識愁。

和秉國芙蓉四章

干昔低顏避桃李，英華今發歲云秋。感時已過渾如我，醉舞狂歌插滿頭。

後時獨立誠難事，猶賴堦庭有菊叢。綽約霜前弄姿態，非如群木万株紅。

清曉霜華浥自濃，獨憑愛日養殘紅。勸君秉燭須勤賞，閶闔難禁一夜風。

但見淺紅來水際，豈如綠木采霜中。微紅未肯全衰歇，正似酡顏鶴髮翁。

正月二十六日同子華相公遊王太尉園

閑説名園乗興來小桃繁艷間寒梅主人千里司宮
鑰寂寞殘英委緑苔

明日相陪送客

仕宦歸來謝世嚣夢䰟非復紫宸朝如何正好騰
節送客相陪十里遥

和子游相公上元遊園二首

明月華燈忘衆樂寒梅危欄與公遊横雲斜午枕觸春
困倦擬連宵醉玉甌
梅簇荒臺目寄着相君憂賞忘宵遊未言豈羨實和羹
味且薦清香泛酒甌

寒食獨飲見山臺

寒食良辰無賞心雜花爛熳柳成陰若非獨酌酬佳

景一日風光敵万金

雨中聞姚黄開

小雨留春春未歸好花雖有恐行稀蔫且拔取漁蓑去走看姚黄判濕衣

種竹

種竹不用多更要堅如玉但有歲寒心兩三竿也足

席上賦得蓼三韻

微物生山澤蕭脩荊棘鄰何人掇秋實此日侍嘉賓雖無木桃贈投此寄情親

景福東廂詩序

皇祐元年秋八月皇帝臨策賢良方正及武舉進士僕與景仁受詔讎校試卷寓直於景福殿東廂凡三

月得詩十三首編之左云

夜意

清夜皿無譁深嚴上帝家星翻珠網自斗轉玉樓斜
風靜虛成韵霜輕未作花還疑漢律客浩蕩尋流槎

即目

朽柏留深殿蒼根秋九門日長人對直風過燕高翻
林有蕭疎意雲無片縷痕鈞天真自到不獨暫飛魂

柏

落落抱高節秀出青靄纓言稠會[illegible]自致宮庭難
芬風龍玉宇餘霞分銅盤一[illegible]傍[illegible]本[illegible]名高歲寒

御溝

萬户鬱相鈎枝分瑟瑟流紫紆邐迤翻隱見帶龍樓

碧映千林罨紅飄一葉秋寒波長不竭歲歲奉宸遊

賜酒

和氣盈金榼恩光湛玉觴應知北山調猶怯上林霜

醇味回秋色清都近醉鄉山茅霑雨露誓攄寸心長

菊

瑣瑣南陽菊秋潭歲自開孤根擁紅蘂落蕊媚蒼苔

正以參靈藥因之植紫臺頭兼金掌露同入柏梁杯

送劉儀大名尉

潭潭相府開旌騎擁三臺聞道廷中尉無非天下才

策名新振拔把扳尚低回勿爲卑飛困青冥盡此來

送皇甫寺丞穆知藍田縣

南山三輔劇百里古諸侯誰謂絃歌小不分霄旰憂

煙横輞川暝雲昭武關秋安得無羈束從君一縱遊

酬次道板橋晚望見寄

春來曾約酔河橋深負垂楊千萬條今日都門相望處西風乱葉正蕭蕭

送祁嶠潁陽主簿

蒼山臨縣郭雲木泛蕭騷人有漁樵樂官無簿領勞垂天起膚寸合抱本纖毫志意誠脩立歸飛羽翼高

送李尉以監丞致仕歸閬中

行行歌式微浩歎返荆扉却着登山屐盡焚趍府衣溪清魚影乱竹闇笋牙肥應悔浮名誤空將白髮歸

和伯鎮冊入館

甘泉献賦人流落淛江濵自歎三年謫歸来方事新

銓衡時進對户牖日相親明主方思賢非徒問鬼神

和同舍對菊無酒

黄花倚秋色曄曄為誰開更使窺殘榼空令洗舊杯

嗅香行繚繞撚蕊立徘徊盡日柴門外白衣來不來

增廣司馬温公全集卷十二

律詩

和勝之雪霽借馬入省偶書

勝之家本公侯貴弱冠英才已驚世淮陽多士誰敢倫千古比肩維賈誼昔遭絳灌深切齒奔走十年爲下吏近方扙拭出泥塗稍學和光匿鋒鋭會計之官豈足爲黽勉簿書聊自庇王城九衢臈月尾風雪數朝窮恣睢櫪間欵叚疲且病借馬於人亦疲曳楊鞭掣轡趁省廷剝蹙不前泥沒臯慨然遂有勞者歌滿紙推文欻軒輊人生榮遇有早晚視此錙銖勿關意況君卓犖高出群異日青雲終自致群車大盖擁驊

騶莫志今朝乘小駟

和潞公遊天章楚諫議園宅

名卿新治地上宰舊連墻槐蔭青青葉星鄰兩兩光林花裂錦挾門路築沙長共引庭間水交生壁外凉魚窺薦琴石螢散讀書牀玉帳方懷遠松齋歘就荒旌幢今少憩蘭蕙不徒芳早晚平狼望同來舉壽觴

和潞公與昌言正叔遊獨樂園徘徊久之主人不至

茂勳成亮采勝賞寄風流閑引翹材客同爲獨樂遊厭居華宇盛飜愛弊廬幽愧不先操篲迎塵立道周

和劉伯壽陪潞公禊飲

旌幢車騎滿沙頭鼓吹喧繁晝艦浮十里羅紈光照

地千家簾幕遠臨流觴隨洛水白筝月映鳳樓裴
相遊令典久隋除今更舉行聞美俗徧中州

和潞公真率會詩

洛下衣冠愛惜春相從小飲任天真隨家所有自可
樂為具更微誰笑貧不待珍羞方下筯只將佳景便
娛賓庚公此興知非淺藜藿終難作主人

潞公遊龍門光以室家病不獲參陪獻
詩十韻

旄節擁罷熊遂迤向鑿龍順成時過蜡閉塞令行冬
雪龍壟痕猶濕梅林思巳濃傳呼空谷應前導白雲逢
飛蓋多邀客停車數問農禹功雙壁斷佛刼萬龕重
絕頂標孤刹踈林透遠鍾氣蒸泉郁郁冰綻水溶溶

藥閣低臨渚茅庵背倚峯凍醪資野酌寒笋佐晨饔臨伊庵皆在龍門公作藥寮潞公庵碁局移侵石茶炉坐蔭松醉醒皆衆共大小盡公從顧以私恩累難追勝賞縱原思初不病叔夜亦非慵稽古慙經笥摛華怯筆鋒會須參後乘異日侍從容

和君貺老君廟姚黃牡丹

芳菲觸目已蕭然獨著金衣奉老仙若占上春先秀發千花百卉不成妍

和君貺暮秋四日登石家寺閣晚泛洛舟

嬉遊乘曉霽登覽犯秋寒不出埃塵外安知天壤寬嵓前斷山碧林表落霞丹欲下惜佳趣相留更倚欄

又

葉下官槐老雲飛洛浦秋復陪元禮掉却望仲宣樓面岸迷頻轉遥山碎不流夷猶聊寓賞浩蕩得忘憂晨出霜漸徑昏歸月滿舟星河散寒泬珠貝印河洲舍館回車入壺觴秉燭遊山公興未尽徒御日番休

和家兄喜晴用安之韻

象龍雖得請躍蟒亦須占既有膏苗益寧無溧麥嫌餘霏方映户返照[illegible][illegible]遥簾韉旅愁懷闋農家喜色添田間拾穗滿陌上荷鋤兼預想三川迥秋場万庾尖

和君悅火林寺

達磨自云傳佛心緒言迷此到于今既携隻履復歸域安得遺靈在火林孤月正明高殿冷清風不斷老

松深謝公自愛山泉美肯爲幽禪此訪尋

和君貺任少師園賞梅

寒厭春頭草木芽直聞新酒賞新葩官儀赫奕三川守野意蕭疎四皓家不用管弦妨淡佇肯容桃李競繁華昏鴉散亂傳呼出歸路林間燭影斜

和君貺宴張氏梅臺

京洛春何早憑高種嶺梅紛披百株密爛熳一朝開青女工粘綴孀娥巧剪裁崑山雲滿谷蓬渚浪成堆勢擁樽前合香從席下來蜺旌刓天起練甲洗兵回不使風光散曾無夜色催人稠衣馥郁地狹舞徘徊民服召公化時推何遜才何遜有早梅詩淹留文酒樂璧月上瑤臺

和君貺清明與上巳同日泛舟洛川十韻

繁華兩佳節，邂逅適同時。雅俗共爲樂，風光如有期。
曉煙新里巷，春服滿津涯。巳散漢宮燭，仍浮洛水卮。
占花分設席，愛柳就張帷。華轂爭門出，輕簾夾路垂。
一川雲錦爛，四座玉山欹。疊鼓傳遥吹，輕橈破直漪。
清談何衮衮，和氣益熙熙。想見周南俗，當年逸少詩。

和君貺寄河陽侍中牡丹

真宰無私嘔煦同，洛花何事占全功。山河勢勝帝王
宅，寒暑氣和天地中。盡日玉盤堆秀色，滿城繡轂走
香風。謝公高興看春物，倍憶清伊與碧嵩。

酬君貺和景仁對酒見寄三首

懶拙無時用，耆明獨我思。乘閑同把酒，道舊各成詩。

高義刮眼膜清風生鬢絲方將激衰俗賤子毋何爲
北闕黄金印西山白髮翁訏謨帝庭異卜築洛川同
晴野峯峯碧霜林葉葉紅無因侍樽席惆悵又秋風

右上宣徽

又

何事挂冠客至今留帝臺紅塵終不厭青眼正長開
春路半銷雪寒枝初破梅南園僅容席洒掃望公來

右上侍郎

和君貺題潞公東莊

嵩峯遠疊千重雪伊浦低臨一片天百頃平皐連別
館兩行疎柳拂清泉国須柱石扶丕搆人待樓航濟
巨川委任方如左右手且於窮僻置閑田

君貺環溪

地勝風埃外門深花竹間波光冷於玉溪勢曲如環榮路四翔厭華軒嘯詠閑堪羨謝太傅不復到東山

又和君貺六日四老會并宋子才大監李幾先將軍

更房迎令節菊蕊入芳筵華燭初長夜清霜未冷天悲風咽横吹驟雨送繁絃聊附鄒枚客敢希園綺賢四人皆漢傑

某與君貺同游董氏東園檜屏石枕甚佳君貺贈以小詩命某和韻

窗葉蕭森翠幕紓暫來猶恨不長居脱冠解帶坐終日花落石牀春自如

又和嶽祠謝雪題嶽寺平法華庵

宴坐幾何年庭蕪與砌邊蔓修真諳苦功行得無圓

闕里詩三百瀨鄉文五千厭煩猶不讀何況淤泥蓮

平住庵不出累年
日誦法華經數千卷

別韻一首

風日雖寒晝景長探春遠訪白蓮莊岸冰猶在水先

綠柳葉未生條巳黃老木根深苔徑窄新梅花入酒

卮香天真不必人修飾得趣不嫌臺館荒

又和賞梅贈開叔

寒梅犯雪榮大嶺久專名異種生江渚何年到洛城

洛中雖有梅開花甞晚獨大嶺梅最先開
相傳好事者自江南移來今數十年矣

色如虛室

白香似主人清嚮使吳兒見不思蓴菜美

又和安國寺及諸園賞牡丹

洛邑牡丹天下最西南土沃得春多一城奇品推安
国四面名園接月彼山相著書稱上藥翰林弄筆作
新歌人間朱粉無因學浪把菱花百遍磨

和樂道自河外南轅過宜芳雨晴氣和

景物可愛馬上偶成

京洛春應老河邊初解顏碧浮煙際草翠滴雨餘山
目極褰帷外詩成攬轡間滿川桃李色共喜傳車還

秋夕不寐呈諫長樂道龍圖

雨氣生燈暈霜寒入漏聲疏籬過螢影腐葉掩虫鳴
丘壑違初願簪裾徇外榮丹心終夜苦白髮詰朝生
恩與乾坤大身如草木輕何階致明主垂拱是外平

與樂道約會超化寺比至樂道以疾

先歸途中有詩見寄

顛毛種種齒浮摇屈指交遊漸寂寥時較半朝非是晚路無數里不爲遥了猷垂到復歸去安道雖知采易邀古寺裏面 久東望青春雲日吟蕭蕭

和樂道再以詩見寄

諫垣簪筆接英遊今日華顛昔日憂邂逅外流皆是命逍遥出處本無愁衡門不羨金門貴藿食焉知肉食謀溟海榆枋各安分蓬萊未必勝嵩丘

吴樂道

歡遊俛仰告陳迹薄宦須臾即色空試憶昔年雙桂會只如前日夢魂中

晚行後園見翁戲宜甫

野菊荒無數班班初見花徑須求一醉試道問東家

再呈宜甫

西家壺已倒次第向東隣朱戶如堅閉黃花惡笑人

增廣司馬温公全集卷十三

律詩

宜甫家有金鈴菊客未之識因代菊贈

宜甫

主人偕邀客寂寞委蒼苔此日開無益明年不復開

秋雨蕭條聞宗聖按伎應之飲酒詩呈

宜甫

寒風細雨未晴天密似輕塵薄似煙一室獨吟圖史亂

西鄰高會綺羅鮮鴈飛斜柱絃隨指蟹薦新螯酒

滿缸自笑不歌仍不飲昏昏只解枕肱眠

宜甫東樓晚飲

賓主俱歡醉高樓逈倚空形忘羈檢外酒散咲談中晚市煙初白秋園葉半紅登臨不厭數朝夕是寒風

和李八丈小雲同會有懷鄰幾

天祿淹田德齒尊暫留汾曲兩朱轓開軒坐嘯正飛雪同舍淹游來及門空嘆高歌如郢客愧無佳賦似文園坐中猶欠鄰幾在深負茶甌與酒樽

奉和鄰幾六月十七日文德殿觀文武百官荐上尊號十五韻

舜禹曾何與羲農實強名含靈徒叶贊造物始無情閶闔霏煙淡觚稜晚氣清葳[illegible]太衢隘轂轔外朝盈鮮旭分衣繪薰風拂佩瓊華[illegible]方內集殊俗海隅傾棨戟金閨奧囊書赭案橫數[illegible]齊列位稽首從群卿

不報乾坤施難圖日月明仁心由性得治體與時行
金石皆中欵丹青起外榮功封元首重澤及草萊輕
葉葉冲虛意區區愛戴誠何爲猶讓德不以慰懷生
退復歌天保期於來頌聲

次韻和鄭幾秋雨十六韻

氣象殊朝夕興居錯晦明混元初不宰霈雨浩無程
墊隘寧天意咨嗟固物情曣㬈方有望畬蔚已隨生
杲杲深還隱凄凄斷復行乱沙長被徑荒蘚綠緣甍
轍跡康莊絶潢汙縱畝平茅茨不足庇禾黍若爲成
蟋蟀頹牆在蛜威壞竈盈乘時衆鴟舞得意怒蛙鳴
牛馬誰分異蕭蕭已迴亓閑居猶可度負重况遐征
舟泊川無渚輪摧路有阬轅蓁愁病婦湯竈擁寒嬰

災不妨明德，神應格至誠。湛光終下燭，時藿久心傾。

次韻和鄰幾九月五夜省直

群騶布路散，瘦馬戀廏回。雨闌蛩聲樂，秋深菊意催。圖書分自適，僚友邈難陪。何以銷寒夜，殘醪不滿盃。

和鄰幾金鈴菊

何處見佳菊，秋風汶水陽。酒浮金驛細，露泛蜜房香。不謂紅塵地，相逢君子堂。依然故人意，不減舊芬芳。

送祖擇之守陝

聲教空巖穴，夫君集帝庭。辞華動丹扆，光價塞青冥。畯德爭推轂，榮塗易建瓴。陸離寒水玉，磊落曙天星。得喪誰先識，艱虞困屢經。蹉跎渥洼足，漂泊鳳皇翎。粉署疏恩紀，甘棠寄典刑。仁風思布濩，疲俗待綏寧。

賤子良多愧餘光每乞靈題名聯士版占籍備民厂
種種顛毛白蕭蕭龍栢青陌頭瞻皂蓋獨立涕飄零

送祖擇之

人生榮與辱百變似浮雲自有窮通定徒勞得喪分
銷愁唯有酒娛意莫如文方寸常蕭散其餘何足云

晚春病起呈擇之治目

風日正和柔身無喜病瘦懶拋殘蠹簡暖脫敝貂裘
值客開青眼逢花忘白頭家家將春色何日可同遊

奉同道矩謝始平公惠硯

爵臺今已傾飄颻出蕪城還入緗緗用尤資筆墨精
相君憐古物內史擅書名聊用飛章檄何愁楯鼻平

和道矩送客汾西村舍杏花盛開置

酒其下

田家繁杏壓枝紅遂勝桃夭與李穠何事偏宜閑處植無端復向別時栽林間暫繫黃金勒花下聊飛馬瑙鍾會待重來醉嘉樹只愁風雨不相容

和道矩紅梨花二首

繁枝細葉互低昂香敵酴醾艷海棠應爲窮邊太寒落半將春色付穠芳

又

蜀江新錦濯朝陽楚國纖腰傅薄粧何事百花零落早同時不敢鬭芬芳

和樊賢聞道矩小園置酒助以酒果副之以詩

英蓉幕下惜餘閑不使芳華取次殘珍果醞醽與詩

向併將佳味助清歡

二月二十四日館宿興宗舍敘桃花感

開偶書牖上

金馬春寂寂穠桃隨意開夕風零落盡不待主人來

和錢嘆寸吉星邵興宗示公輔字君倚

霜露蒼蒼害樹高累茵列鼎重鴻毛兼葭自幸猶依

玉窺闢何能文字奏刃寸薄無由裡覆壽命高不得報

劬勞梁仕周歲二親衰平生念此心之生亂夢參差難分我

與蒿

依韻和仲庾省壁畫山水

畫工執筆已遊精稍衡皋引出洲華要寔文猶倦

暑滿軒窗意忽驚秋天生賢者非無為遇明時
未易休江淼淼飛朝夕事肯青蘋得久畄

和吳仲庾寄吳瑛比部致仕之子壯年
致政歸隱蘄春

負米承親願已賒遺[illegible]恥隨鷄鶩啄泥沙一朝
投紱真高士萬卷藏書舊世家齒髮未衰非薾物山
林不逐為[illegible]尾眉尚有幽潛者祿直生真可嗟

送吳仲庾知江寧

江南佳麗地人物自風流青骨靈祠在黃旗王氣收
衣冠餘舊俗歌頌繼賢侯正恐還朝速江山未徧遊

仲庶同年兄自成都移長安以詩寄賀

蠶叢龜印解鶉野隼旟新借問錦江樂何如興慶春

驪歌遡去轍竹馬望行塵惠政如膏雨遥知彼此均

和　王安之題獨樂園

草濃初過雨林靜遠含煙鷰引初飛鷇荷承半墜蓮
朋來惟有月山見不須錢誰與同其樂壺中濁酒賢

和安之令春於鄭国相公及某處得綴珠蓮合一本植之盆仲夏始見開花喜而成詠末句云未知先合謝誰家

春凍消時種兩芽南風薰日見孤花先開必自陶鈞力且合歸功丞相家

和安之久雨

秋霖逢甲子禾耳恐須生流俗幸無驗高田猶有成
潤惟藜莠得瀾與蕙蘭并早晚浮雲豁逍遥賦晚情

送丁正臣知蔡州

趻䞶汝水濱千騎擁朱輪懸瓠遺基古盤輦囊吉夢新丹心留紫闥清耳遠紅塵酒識明君意先應試治民

送丁正臣通判後州

得失固有命世人空自勞冬温少霜雪松短没蓬蒿孤宦千里遠榮名一旦高回看碌碌者太華與秋毫

和李君錫惠書及詩勉以早歸

書意懃渠詩意新清如白雪暖如春西遊不盡谿山樂策馬歸來就故人

和君錫雪後招探春

莫嫌微雪壓梅牙已有歸鴻泊浦沙天上詔來難久駐直須早看洛陽花

又和早春夜雪

繁霙回夜色，凌乱落春雲。虚幌寒相襲，華堂静不聞。
玉卮深可敵，銀燭近微分。誰念牛衣客，窮經白髮紛。

和白序都官見贈

齒踈鬢白兩眸昏，萬事無堪老病身。脱粟猶霑太倉禄，挂冠仍忝外臺臣。直緣适僻求閑地，豈是孤高慕古人。英俊滿朝皆稷契，太山何少一飛塵。

送白都官歸長安

丈夫那肯浪低眉，薄宦空添鬢裏絲。瀘水歸來山浩蕩，都門辭去菊離披。黄雞白馬五陵樂，杜曲樊川九穀宜。復見夫君行直道，空峒氣俗未應衰。

和聶之美重遊東郡二首

躍馬津亭未幾何宦遊容易歲時過飄飄空似隨流梗寂寞猶爲挂壁梭西嶺應餘當日翠南湖直減幾分波之美云南浦比舊水涸過半輸君尚得飛征蓋重向春園聽舊歌

南胡重過正逢春官柳雖踈亦解新臺榭傾欹賓友散臨風愁殺獨遊人

寄聶之美之美時監部州錢監二首

去歲霜毛白今春一齒零人生浮似萊客宦泛如萍塞上貂裘弊天涯海氣醒何當卜箕穎蕭散並柴扃

心目悠悠逐去鴻別來容易四秋風莫嗟寄寄書遲紙萬里經年信一通

感興寄聶之美

晝戟衣中趍絳帳驛亭門外拂征鞍已嗟漂泊三年
別更負從容十日歡煖席未窮談笑樂陟岡相望滯
留難揚鞭策馬幾多意原上秋風作曉寒

運使虞部按行洛西諸縣因遊所過名山
有詩百餘首合爲一編蒙賜寵示俾之
繼作一首

属城窮僻地攬樂徧周流弊政已更化名山不廢遊
鳴騶留谷口輕屐歷巖幽聚看官儀者相扶半白頭

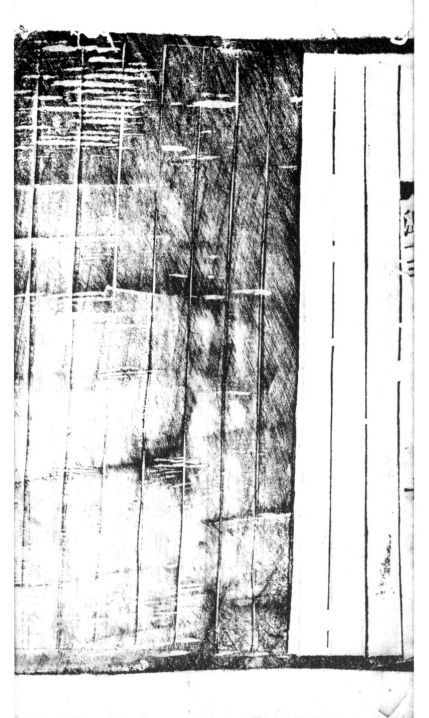

增廣司馬温公集卷十四

律詩

邇英閣讀畢後漢書蒙 恩賜 御製詩

赤伏開興運昆陽定壯圖官儀還舊物郊北建新都
杲日群陰破油雲萬類蘇鑾輿陟喬嶽璽綬撫匈奴
享禄優諸將嘉猷訪大儒重明紹堂搆奕葉奉規摹
叔世綱條紊遺風節義扶袁安空隕涕楊震卒蒙辜
倿指車前鹿人瞻屋上烏炎精盡河渚黄眚兆當途
青簡傳良直金華侍燕娛興衰炳轍跡徽憲粲龜符
赫赫天光照藝蓺睿思紓方齊建武治不啻永平俱
化盛文明上 恩隆飲食需睎陽慚杞棘濡咮愧鵜鶘

帝力生成大臣功報功無先民誠可監頗不忘斯須

奉和御製龍圖等閣觀三聖御書詩

積厚丕丕業重光郁郁文寶書垂列宿玉字切浮雲
散帙鳴鸞駐光庭鏘珮分頗移天縱藝似續聖功勤

御製後苑賞花釣魚七言四韻詩一首

奉聖旨次韻

馺娑蜚廉次第開鳴鞘傳蹕自天來雲隨綵仗低臨
幄柳壓金隄翠入柸檻倚柔風絃縹緲花翻麗日影
徘徊上林春色長如舊玉輦嬉遊歲歲陪

賞花釣魚二首

飛廉通上苑鳷鵲帶天淵樹色含春霧波光靜曉煙
香飄仙仗外花舞御巵前藋藋文竿裊[illegible]素鮪鮮

誤陪金馬籍愧奉柏梁篇願獻南山壽宸遊侍億年

又

日麗芙蓉闕春濃太液波苑門鳴玉集輦路翠華過
芳樹同阿寮嘉魚在渚冬浮英入樽斝頓首出蒲荷
人樂熙熙德臣賡旦旦歌蒼生同鼓舞相與醉天和

春帖子詞　皇帝閣六首

肇履堦璣曆重飛緹室灰寒隨土牛盡暖應斗車回

又

鑾路迎長日農祥正曉天九垓同煥沐萬物向蕃鮮

又

盛德方迎木柔風漸布和省耕將教稼擊壤已聞歌

又

候鴈求歸北寒魚與波負氷相烏風色改暘谷日華外

又

浮陽滿野白溶溶澤底山椒淑氣通草木豈能知造
化一華一葉盡天功

又

漠然天造與時新根著浮流一氣均萬物不須彫刻
巧正如恭己布深仁

太皇太后閤六首

盛德初臨震陽和已動坤發生天地大厚載母儀尊

又

種桃臨玉砌戴勝刻金花借問此何處崑山王母家

又

長樂曉鍾殘 皇輿入問安東風猶料峭冒絮禦餘寒

又

慶壽風烟接未央飛樓複道鬱相望春來無以銷長

日閑取經書教小王

又

冰凝半解波先綠柳葉未生條已黃四海澄清天子

孝朝回日奉万年觴

又

東宮歸覲五年餘隱几時觀老子書聞道無爲民自

化熙熙不獨在春初

皇太后閤六首

毋德丕承盛天心孝養初音肄凝奎壁佳氣藹宸居

又

暖日初添刻柔風乍襲衣弄孫時隈曲細纖在又臨樓

又

膾肉分銀縷蘭牙薦紫茸太官無舊賞歲盤與今同

又

釵上花開海燕鳥飛紅綃畫囊蝶若枝風則飄蕩參差羽還似瑤箱呈瑞時

又

玉漏聲殘金殿開乘輿清蹕問安來盡將草木欣欣意同與新春入壽盃

又

裁縫大練成春服慈儉由來性所鍾肯使外家矜侈

靡車如流水馬如龍

皇后閤五首

穜稑獻新種褘褕澣舊衣玉鉤隨步輦行看採桑歸

又

梫木猶藏葉夭桃未作花六宮歌逮下四海詠宜家

又

溝暖氷初斷牕晴雪半消餘寒不足畏塗壁盡芳椒

又

寶勝金幡巧鬭切綵花蠟鸞颺和風玉盤羣菅映紅蔘捧案朝來獻兩宮

又

春衣不用蕙蘭熏須緣無煩刺繡文曾在蠶宮親織

統方知縷縷盡辛勤

夫人閤四首

壁帶非煙潤金鋪霽景鮮繡功添采縷和氣入繁絃

翦綵催花發開簾望鷰歸藏鬮新過臘習舞競裁衣

又

綺窻繡戶又東風丹掖遊陪歲歲同但願太平無限樂何須三十六離宮

又

聖主終朝勤萬機燕居專事養希夷千門永晝春岑寂不用車前插竹枝

和張文裕初寒十首

何處初寒好初寒郟鄏城垂紳多俊彥列第盡公卿
裘馬過從盛門闌洒掃清誰家擁獸炭盡日管絃聲

又

何處初寒好初寒洛汭宮翠華雖脉脉佳氣自葱葱
闕角日華白苑牆霜葉紅都人心望幸注目不離東

又

何處初寒好初寒洛汭橋沙痕水清淺風葉柳蕭條
闕塞長途直嵩丘倒影遥鳳樓雖在北車馬不塵囂

又

何處初寒好初寒太室山晴空煙澹泊返照雪孱顔
極目鴈稍没無心雪自還猶餘拜表累不得坐松間嵩山去洛近二百里吾未能徑還以妨拜表未果往

又

何處初寒好初寒禹鑿門遥天路崖口輕浪漱山根
萬佛龕龍苔老一燈林靄昏漁梁杳相望石瀨夜聲喧

又

何處初寒好初寒噴玉泉折分流谷口飛溜落雲邊
雀噪聚林杪樵歌下石巔尋幽不思返坐嘯夕陽偏

又

何處初寒好初寒疊石溪山斜改昏曉路曲失東西
拾栗走村稚鑿垣巢乳鷄我來閑擁褐曝背草簷低

又

何處初寒好初寒肅政臺官閑免簿領門静少塵埃
天借風霜氣人無鷹隼猜庭荒餘老栢尚有夕烏來

又

何處初寒好初寒遊齊園林問菓未盡籬菊猶存
結竹爲庵小開爐搆火溫誰言處城市岑寂似丘樊

又

何處初寒好初寒福善居長霄剗燈火滿室聚詩書
且息登山屐休輸下澤車所安容膝地何必更多餘
遊齊福善皆坊名

座中呈子駿堯夫 六言

微雨雖妨行樂薄寒却解留花今日且遊小園明朝
更向誰家

曉出

束帶朝向早落門未晚高短籬潛落月老樹戴孤星

隱几貂裘熏，開編竹簡青。子雲非執戟，何以得窮經。

八月五日夜省直

大火已西落，涼風猶襲人。留連惜紈扇，散誕脫紗巾。蟾影夜色殘，蛩聲秋意新。圖書足自適，何物更關身。

八月七日夜省直寓懷三首

悵望中秋月，於今巳上弦。明生青樺小，影露桂華偏。

又

幽思邈難悉，浮雲去不還。何當出陰翳，清徹照中天。

菊蕊如排粟，青青見蕊心。未嘗窺白日，何以散黄金。欹側疏籬短，綿延蔓草深。寒蛩亦何與，終夕亦悲吟。

又

夜色槐陰重，雨聲官舍寒。野農安敢問，環堵未能完。

盡日流雲度何時大塊乾正愁開霽曉霜露滿紅蘭

遊三門開元寺

山石古來色河流無盡聲行舟自往返群木幾枯榮
狂象調難伏空華滅復生我來何所得聊此濯塵纓

冬夜

冬夜何其永寒光四泬寥鴈橫星歷歷人靜漏迢迢
破屋霜應重荒庭雪未消不眠何所念達曉思無憀

感春

積草滿春庭衡門永晝扃波頭何事白柳眼為誰青
榮落浮雲度悲歡熟醉醒繁華非我物隨意任飄零

早行

寒犬吠柴門荒鷄鳴遠村河聲空自急月影不曾渾

木末星猶白，榛中露已繁。客心獨惆悵，四顧與誰言。

秋夜

浮雲一消散，星斗粲長天。浩露灑碧梧，清香生白蓮。躰涼猶衣葛，耳靜已無蟬。坐久群動息，秋空唯寂然。

上元書懷

老去春無味，年年覺病添。酒因脾積斷，燈爲目痾嫌。勢位非其好，紛華久已厭。唯餘讀書樂，暖日坐前簷。

次韻和韓子華寒食休沐與諸公同會趙令園暮春歸馬上偶成

冠蓋連翩陌上來，風光爛漫擁樓臺。危亭貯酒隨宜飲，綺席尋花觸處開。小雨前宵先潑火，季春明日又吹灰。須知勝集人間少，惆悵金羈容易回。

春遊

人物競紛華驪駒逐細車此時松與柏不及道旁花

六月十八日夜大暑

老拗蜩螗噪荒庭熠燿流人情正苦暑物態已驚秋
月下濯寒水風前梳白頭如何夜半客束帶謁公侯

留客

酒煙漠漠自生春舞袖飄飄拍拍新須信客歸絲竹
散清風白月解愁人

自嘲

英名愧然費高節自巢由宜取雲山笑空為簪組著
浮沉乖俗好隱顯拙身謀惆悵臨清鑑霜毛不待秋

自題寫真

黄面霜須細瘦身，從來未識謾相親。居然不可市朝住，骨相天生林野人。

夢稚子

窮泉纖骨已成塵，幽草閑花二十春。昔日相逢猶是夢，今宵夢裏更非真。

鷄

羽短籠深不得飛，久留寧爲稻粱肥。膠膠風雨鳴何苦，滿室高眠正掩扉。

雲

晴空碧於水，那得片雲飛。映日成丹鳳，隨風變白衣。去來皆絶迹，隱顯兩忘機。天理誰能測，終然何所歸。

閑來

閑來觀萬物在處可逍遥魚爲貪鈎得蛾因赴火焦
碧梧飢鸑鷟白粒飽鷦鷯帶索誰家子行歌復采樵

閑中有富貴

閑中有富貴迥與俗塵殊水净齊紈展花繁蜀錦舒
竹風寒和玉荷雨急跳珠可嘯公孫衍酣歌誇丈夫

貽琴者

我樂非君樂君憂非我憂蓬蒿與溟渤終老不同遊

增廣司馬溫公全集卷十五

律詩

西臺詩二十四韻

翰苑昔陪侍天光辱顧瞻寵雖承渙汗功不立毫纖
山鹿纓頻頡銘刀礪不銛拭花聆子鈇撚雪頷鬚添
跼影甎尸素胡顏虞禁嚴辟盈唯免戾取少詎因廉
定鼎分都異張官執法兼剡章愚懇盡出綍茂恩霑
原憲非無粟胡威尚有縑求田近瀍洛買宅混閭閻
地僻宜花卉兒勤付米鹽倦遊良足悔居吉不須占
裘葛虞無覓囷倉飯屢饜僦居閑可借野步靜無嫌
行樂節枝瘦延賓稻醴甜麥田遲試穀桑葚帽低簷

憂竹忙猶種貪書老未厭松煙溪石潤檀爐博山尖殘咨來傭拼衣冠脫怕拈紫毫斜倚架黄卷密垂纖涸轍猶蒙潤寒灰免附炎所憂貧秩滿但願歲時淹自是散無用非爲智養恬聖朝英彥富幸許一夫潛

去春與景仁同至河陽謁晦叔館於府之後園既去晦叔名其館曰禮賢夢得作詩以紀其事某雖愧其名亦作詩以繼之

蓬飛匏繫十餘年並蔭華樣出偶然郭隗金臺雖見禮華歆龍尾豈能賢浮雲世味閑尤薄寒栢交情老更堅明日河梁即分首人生樂事信難全

南園雨霽景物粗佳有懷正叔要之

洛陽秋雨閟荒圃物華饒白鶴寒尤盛紅薇晚未彫烏雛朱實墮雲滅翠岑遥揚子方嘲白相如尚有痟安之有疾徘徊瞻望近邇追笑談遼官途勲無具相思不敢招

寄題濟源李章少卿園亭

縣僻人事少土肥風物殊杖攜靈壽木輪累澤梁蒲竹不減淇水花仍似洛都主公眉雪白遊覽未甞扶

蘇門先生

長嘯蘇門石行藏世莫知逍遥心迹遠寂寞姓名誰鄉在無何有時知不可爲麒麟本神物安得係而羈

寄贈致仕劉都官諷張元常之諷年六十三致仕夫婦皆從君簡州頭山中有二子皆有官其一監進士第諸孫皆好書

星郎年未至，辭祿一何高。目瑩棲靈氣，骨踈出秀豪。骨中自有樂，身外盡徒勞。回首紅塵地，紛紛笑我曹。

又

解紱沱江外，誅茅井絡邊。老萊夫婦隱，韋孟子孫賢。浮蟻邀旁舍，蹲鴟種薄田。不須親几杖，想望已蕭然。

范景仁詩云：移家尚恐青雲近，隱几猶知白日長。宋公綽詩云：疏草焚來應見史，囊金散盡只留書。

贈狄節推國賓公之孫

天馬雲孫在，終然骨相奇。遐塗雖辱久，霜雪志難移。白髮無嗟老，青衫莫厭卑。為山已千仞，高節肯中衰。

庚齋

庚齋雙骨已成塵，獨有清名日日新。餓死溝中人不識，可怜今古幾何人。

秦人

楚旗獵獵蓋山紅回首咸陽一炬空惆悵秦人虛用意幾年辛苦得山東

孟嘗

冠蓋盈門意氣豪海魚兼肉未充庖歸來敢盡三千客方竊時人市道交

小閣晚飲

公府豐暇豫亦成棄擲春招遨君勝友爛熳醉芳辰花豔穠無敵亦鋒健有神猶勝攤朱墨終日坐埃塵

花事多牽牛清晨始開日出已瘁花雖甚美而不堪留賞

望遠雲凝岫翔餘黛散細縹裊承曉露翠蓋拂秋煙

嚮慕非葵比，彫零在槿先。才供少頃玩，空廢日高眠。

獨樂園新春

春風與我不相關，何事潛來入我園。曲沼揉藍通底緑，新梅翦綵壓枝繁。短絃下見殊堪喜，鳴鳥初聞未覺喧。憑杖東君徐按轡，旋添花卉半芳樽。

李花

嘉李繁相倚，園林淡泊春。齊紈翦衣薄，吳紵下機新。色與晴光乱，香和露氣匀。望中皆玉樹，環堵不爲貧。

野菊

野菊未甞種，秋花何處來。羞隨衆草沒，故犯早霜開。寒蝶舞不去，夜蛩吟更哀。幽人自移席，小摘泛清盃。

柳溪對雪

春風不勝雪散漫度龍沙窗映緣谿柳争飛乱眼花鴟夷賒美酒油壁繫輕車塞下芳菲晚聊將當物華

花庵獨坐

荒園才一畝意足已爲多雖不居丘壑常如隱薜蘿志攜林鳥下極目塞鴻過爲問市朝客紅塵深幾何

花庵二首

誰爲花庵小纔容三兩人君看賓席上經月有凝塵

又

誰爲花庵陋徒爲見者嗤此中勝廣廈人自不能知

東窗

臨風梳短鬓蕭颯晚凉新不識市朝客何如江海人沉吟慿棐几敧側戴紗巾濁世事無盡東窗聊放伸

三月晦日登豐州故城

春盡蕪城天一涯白楡生莢柳生花蒲川戰骨知誰
罪深屬來人戒覆車

謁三門禹祠

信矣禹功羙獨兼人鬼謀長山忽中斷巨浸失横流
途以天地久民無魚鼈憂誰能報盛德空爾薦醪羞

又

巖巘青崖裂喧豗白浪豪客舟浮一葉生計脱鴻毛
栢映孤峯短水際孤峯甚細而高上有小栢其舊相傳不知幾何年矣而止長尺餘人莫測其理
銘書絶壁高唐太宗刻銘庭柱之陰魏鄭公撰字幾没然殘缺僅可讀何師不耕織
容易戲風濤

資善堂宴餞應詔

士論歸清德皇心重老成陳謨侍經席得謝解塵纓
坐齒金章並行餘玉醴清都門惜供帳踈傳未為榮

長垣道中作

極目王畿四坦然方輿如地蓋如天若知詩險不如
德去殺勝殘已百年

再使河北

桑麦青青四月初皇華使者又脂車爲民豈得辭于
事只向金鑾坐讀書

河北道中作

緑栁陰中白浪花河邊日日暗風沙解鞍縱馬悄無
事隱几看書隨處家

又

河勢東回今幾年，還陸滿目盡桑田。川原變化无終極，一氣不爲常寂然。

又

原上纍纍古冢高，昔時意氣盡賢豪。斷碑名姓已磨滅，永日東風吹野蒿。

夜發長垣

長塗暑氣劇，永日卧郵亭。晝伏如鼯鼠，宵行似野螢。歇鞍沙月白，拂面栁風醒。歷歷瞻雲漢，誰爲二使星。

別長安

暫來還復去，夢裏到長安。可惜終南色，臨行子細看。

望月示康廣宏

清晨三緑袍，羅拜比堂高。積善因前烈，餘光及爾曹。

勿矜從仕早當念起家勞修立皆由己何人可佩刀

初到洛中書懷

三十餘年西復東勞生薄宦等飛蓬所存舊業惟清白不負明君有樸忠早避喧煩真得策未逢危辱好收功太平觸處農桑滿贏取閭閻鶴髮翁

遊瀍上劉氏園

日暖孤臺過露濃幽逕微茅齋舉白歛沙漵踏青歸照水清滿眼穿林香爇衣莫言春尚淺已有杏花飛

放鸚鵡二首

野性思歸久籠樊今始開雖知主恩厚何日肯重來

雖道長安樂爭如在隴頭林間祝聖主万歲復千秋

重過華下

昔辭蓮幕年三十四炎涼舊物三峯雪新悲一鑷霜雲低秦野闊木落渭川長欲問當時事無人獨嘆傷

獨步至洛濱

拜表歸來抵寺居解鞍縱馬罷傳呼紫衣金帶盡脫去便是林間一野夫

又

草軟波清沙徑微手攜筇竹着深衣白鷗不信忘機久見我猶穿岸柳飛

石閣春望

極目千里外川原繡畫新方知平地上見不盡青春

秋雨新霽遊山北馬上偶成

秋色與秋聲蕭然滿路城未霜林葉赤新雨野風清

水氣侵肌冷嵐光刮眼明誰去景如畫但恐畫難成

秋夜

城上調秋角煙間發暝鍾風枝摇宿鳥霜草覆寒蛩
久負親書樂端愁送帶恭暫因群吏散還得遂幽慵

深夜

踈星映户月流天群動死聲四寂然嗟爾寒蛩怨何
事悲吟徹曙亦無眠

大熱

山澤歊焦枯炎光滿太虛不知天地外暑氣復何如

晉陽三月末有春色

天心均煦嫗物態異芬芳上國花應爛邊城柳未黃
清明空改火上巳謾浮觴仍說秋寒早年年八月霜

夏日

窮邊已深夏氣色耿清秋鮮飆開山郭涼煙淡戍樓兜鍪烽火息匹脫虜塵收迨此軍中暇無妨文雅游

題傳燈録後

甲著聲聞酒便狂它州浪走不還鄉誰曾縛汝安用解彼自無創勿誤傷採月拾針傳妄語安居暇食頼先良但令時世如三代達磨從它面向牆

樂

吾心自有樂世俗豈能知不及老萊子多於榮啓期緼袍寬稱躰脫粟飽隨宜乘興輒獨往攜笻任所之

瞑目

瞑目思千古飄然一開塵山川宛如舊多少未來人

又和景仁

拳齋步步新興趣，浩相因草色如鋪褥，蟬聲若喚人。謾成詩不記，自酌酒無巡。有路即前進，何須更問津。

增廣司馬温公全集卷第十五

增廣司馬温公全集卷十六

律詩

酬仲通初提舉崇福宫見寄

富壽安民舊學違符移擁篲素心非青雲有路那足顧白髮滿頭胡不歸來日杜門無俗客臨風隐几得天機西山爽氣秋應好恨不相從上翠微

寄題李舍人倬蒲中新齋

隴上家聲勇氣殊邊亭卧鼓欲安居非同王翦私求宅更似甘寧晚好書劒倚寒牕風淅瀝門無雜客柳蕭疎蒲州風土平生愛爲問旁鄰地有餘

送二同年使北

華纓下玉除天子寵匈奴雖復夷風陋猶如漢使殊

夜烽沉不舉秋耕寂無虞何必燕然刻蒼生肝腦塗

右呂濟叔

又

雲秋雪欲零四牡出郊坰古塞煙華紫寒沙日氣青

金門秘鷄樹朱節耀龍庭幾夜天街北遥占漢使星

右李公素

寄題張中理著作善頌堂嘉州公裕李士之文

玉壘老先生逍遥樂太平門闌百客盛冠蓋一鄉榮

國族招邀近堂皇揖顧成江山對平遠圖史散縱橫

止水中心適秋豪外物輕鯉庭新露冕閭巷不須驚

和史誠之謝送張明叔梅臺三種梅花

別後相攜兩鬢霜可憐梅蘂爲誰芳臺頭日暖分三色林下風清共一香正爛漫時遊不足忽忽離披去樂難常慇懃手折遥相贈不欲花前獨舉觴

奉和大夫同年張兄會南園詩

露濃秋過中氣爽雨收餘取酒邀嘉客呼兒掃弊廬生涯數畝地官業一軒書竹結垂綸屋泉分入座渠愜心皆樂事容膝即安居梁靜栖無鷰波澄戲有魚茂林穿繚繞微徑步虛徐果落方知熟莎長不忍除過從常苦遠接待毋慙疎不厭茅茨陋時迂長者車

荅張伯常之郢州途中見寄

適意遺軒冕輕於鴻一毛扁舟千里遠佳句百篇豪酒飲宜城美歌聞白雪高家林已春色慎勿滯江臯

病酒呈晉州李八文

身如五嶺炎蒸裏，心似三江高浪中。誰道醉鄉風土好，舟車常頗不相通。

送李益之侍郎致政歸廬山益之好談禪故効其語

儒業金華貴，歸心白鶴孤。江山依舊在，軒冕歸來無。嘯詠誰當共，登臨未索扶。浩然知此樂，適與世人殊。

又

水底元無月，衣中自有珠。六塵皆外物，萬法盡迷塗。瀑布寒雲濕，觚稜瑞氣扶。遙知至樂地，不異在京都。

長安送李堯夫同年

昔歲瓊林花氣曛，今朝長樂柳梢春。事隨流水滔滔度，鬢結繁霜戢戢新。世路飽諳都是夢，人生可貴莫

如身會須甃室臨清洛相與携筇戴葛巾

題遊李衛公平泉莊

相國已何在空山餘故林鄉時堪象手今日但傷心
陵谷尚未改門闌不可尋誰知荆棘地鶴蓋舊成陰

寄題李庠水部涯水别業

茅茨臨素滙沃野帶長林日永一堂静草生三逕深
消憂何用酒為樂不須琴擾擾市朝客無人知此心

題致仕李少傅園亭

漢家飛將種氣槩耿清秋辭去金貂貴來從洛社遊
濤商擁高異華館帶長流可笑班超老崎嶇万里侯

寄題興州晁都官東谿沼上唐鄭都官有詩刻石繼

名郎遊勝地公跡繼風流昔為題詩著今因好事脩
四山相照映五馬屢淹留想見波光淨依然一片秋
鄭詩云湫底下[illegible]影無風一片秋

送晁端彥秘丞通判雄州

少傳名得重[illegible]人物[illegible]群孫備丹穴春端盡長離
勿嘆毛羽[illegible]□鷲文采奇勉哉勤志業餘慶未應衰

送瀛州簽判蘇秘丞家

高陽十萬兵幕府籍時英塞上風猶勁関南春未生
投壺邊柝靜倚馬檄書成不忘塵中客征鴻可寄聲

送周寺丞田知洛南 周華人

太華指商於中間百里餘稍行山驛遠漸與世塵疎
楚塞參差接秦民錯雜居惜哉非[redacted]不足試投壺

送齊學士廓知荆南 字公闢

漢家太守治于高楚國山川氣象豪旂旆逶迤蟠夢
澤樓船贔屭壓江濤淮名誰復知宣武遺愛猶應似
叔敖何必三年求奉計詔書朝夕賜金褭

送昭遠兄歸陝

種種親頭白帝城難少留倚門應有望列鼎本無求
清夜多歸夢紅塵厭久遊此行殊捧檄轅下五驊騮

送程端明知成都府

高陽將幕開濯錦使旌來欲識關頭雪正如江上梅
霄衣矜遠俗霞冕寄良才豈待三年最脩梧茂帝臺

送魏寺丞廣赴碎秦州判官

征西大府開後乘得高材區脫烽煙靜渠搜職貢來

隴雲低玉帳羌舞奏金罍信美從軍樂脩梧茂帝臺

送朱職方提舉江淮運塩處約字表臣

熬漉滄波耗征輸澤國貧嬰羅矜赤子運筴惜能臣拜手觚稜曉浮舟浪蕩春東南待蘇息別酒莫逡巡

送蘇屯田知單州

佳郡望都城相聞擊柝聲賓朋纔執別耆舊已前迎綵服當年盛驪駒此日榮絃歌應盡在琴調不須更

送李學士及之使北字公達

征蓋霜空迥飄飄迎塞鴻虜牙侵海角漢節下天中酒薄陰山雪裘寒易水風邊聲不可聽歸思浩無窮

送薛水部十丈通判并州

十萬貔貅士旌旗晉水陽元戎倚耆碩別乘選才良

秀直寒松節精明利劒鋩知君留滯久從此歘騰驤

送賢良陳舜俞著作簽書壽州判官

海隅方萬里豪家儁幾何人百汰求寸盡三熏得士新聲華四方聳器業一朝伸它日蒼生望非徒澤壽民

送蒲中舍致政歸蜀 前栗亭令

厭苦折腰久飄然黃鵠飛田園未蕪沒鄉曲有光輝昔奮儒衣去今紓朝紱歸人生貴知足得此已爲希

送裴中舍士傑赴大原幕府

元戎台鼎舊太府節旄新邊候正無警賓筵況得人天寒太行曉水碧晉祠春薦釀蒲萄熟飛觴不厭頻

送元待制出牧福唐 絳字厚之

甌越東南美田肥果稼饒況懷新賜綬重過舊題橋

食且蕃回燠氣移獄犴銷長才報政速鈴閣日逍遥

送吳處厚駕部知真州

鄉託屏星駕同隨丞相車終朝容懶拙經歲庇迂疎共此鼓雲翮旋聞建隼旟江淮一都會遊刃必多餘

送周沆密學真定安撫使 字子真

玉帳前茅舉銅魚左契分平生公望著朞月政聲聞陌上蠶絲隘潭邊花氣曛遥知待新將民物兩欣欣

作僧歸吳

高枕聊成夢晴空忽見花浮生盡是客何處得爲家旅食帝城久歸舟澤國賒勿因蒓菜味回首浩無涯

送惠思歸錢塘

孤袖平湖外禪房老栢陰倦遊譏濁世獨往遂初心

夜雨燈牕逈秋苔屐齒深勿鋤山徑草使有俗人尋

送向防禦經知陳州

千騎去翩翩專城尚少年韋平家好學陰馬世稱賢
官用才能進恩非雨露偏想聞河潤遠封畛帝畿連

泉水詩送吳太元一公翁都官分司歸和
州

泉水出幽谷原流本自清縈回徧中國浩蕩入東瀛
峽口春雷怒潭心曉鑑平悠悠隨所值行止兩無情

送羅登郎中管句玉局觀

官名爲玉局巳與俗塵疎鍾出寒松逈香凝古殿虛
鄉閭非甚遠俸祿豈無餘誰道神仙樂神仙恐不如

送雷章秘丞知芮城

西伯昔斷訟令名存迄今南臨大河曲北倚首陽岑
俗被聖賢化人多禮讓心夫君老經術終日想鳴琴

寓泊鄭圃寄獻昌言舍人

旅食緇衣館飄蓬況自述樹橫寒霧遠山隱古原低
愁暮空庭雀驚晨別墅雞故人何處在依約玉繩西

和運使舍人北園餞別憩三交僧舍冒
雪百井關見寄

驪駒北上雪孱顔韊矢前驅度漢關僧室松於清照
眼驛亭煙火迥依山馬銜邊草枯猶瘦鴈怯胡雲冷
未還賊子不須回首問鬢毛蕭颯簿書間

又和留題定襄驛

按節羊腸阪騫帷並塞州仁風熙愛日清德凜高秋

甘澤隨征蓋華星近戍樓佗年叱馭事直華寄歆彪

又寄献

承明共直廬瞬息八年餘幸託屏星駕前迎使者車
跡雖殊貴賤心不置親踈青眼披情素猶如相見初

和任屯田迥感舊叙懷 字元道

結交英俊樂如何風誼敦明寄咏歌自致青雲今有
幾化為異俗已居多櫝中本自沽良價毫末安能滑
至和鄰笛不堪頻嘆息酒壚那得重經過年華易度
怱塵影人事難期海水波賢業者鞭猶可在況君壯
齒未蹉跎

又和勝之雪

四簷氷管未全稀一夕陰風雪又飛客卧牛衣憂死

別人留玉塞望生歸公車歲晚怜東郭遼海雲深失
令威頗憶當年映書否物華如舊鬢毛非

和吳省副梅花半開招憑由張司封飲

帝鄉春色嶺頭梅高壓年華犯雪開正與嘉賓思共
醉不須芳物重相催從車貯酒傳呼出側弁簪花倒
載回風雨難期王事劇未知休沐幾旬來

和趙子與龍州吏隱堂

四望逶迤万疊山織通雲棧落塵寰誰知吏道自可
隱未必仙家有此閑酒熟何人能共醉詩成無事復
相關浮生適意聊為樂安用腰金鼎鼐間

屋

增廣司馬溫公全集卷十七

寄題刁景純藏春塢 景純致政歸京口治其所居命曰藏春塢前有一崗皆松林命曰万松嶺

藏春在何許鬱鬱萬松林永日門闌靜東風花木深主公今素髮野服遂初心時與鄉人醉高歌散百金

和任開叔觀福嚴院舊題名

墨蹤塵淡蘚華新猶喜重來值故人二十二年如轉目洛陽不改舊時春

又和堯夫來韻

秊老逢春無用驚對花弄筆眼猶明不嫌貧舍舊来鷰喚起醉眠何處鶯一僕相隨幅巾出群童聚散小

車行人間萬事都捐去莫遣貧中氣不平

和宇文公南塗中見寄

驄馬烏紗遊洛塵未能全得自由身深慙白首戀微禄不向青山為散人斥鷃甲飛聊取適冥鴻高舉益難親蜀都迢遞千餘里徒誦新詩妙入神

和邠守宋迪度支來卜居與南園為鄰

弱冠交遊鬢髮蒼飽諳官況好深藏閑居共買一壥地盡老常依藪仍牆雖喜卜鄰同晏子尚慙推宅異周郎何時税此懸熊駕倚杖相迎立路傍

酬宋叔達卜居洛城見寄 道復古之兄

離群四十一春風縱有相逢似夢中幸得東西作鄰舍但嗟彼此是衰翁漢文前席人將去 復古謫官不月牽復 庚

信誅茅蘽未充（来詩云自笑蘓窮健帰去並元穿鑿買山錢）悵望新堤碧蕪闊杖藜携手幾時同

聞逢敦祥二月十一日與一二僚友遊汝禮園亭以詩戯呈

下馬久徘徊林芳殊未開春風真有意須待主翁来

十四日小園置茶招宗聖應之皆辭以醉爲詩贈之

草樹弄春暉家家倒載帰誰怜獨醒客日暝掩雙扉

同僚有獨遊東園者小詩寄之

車馬東城路芬芳數里塵風光不相待愁殺未遊人

又

咫尺東園樂無如簿領何春風連夜惡聞道落花多

又

城樓傳晚鼓稍稍訟庭稀起拂衣中土還乘款段歸

小詩招僚友晚遊後園二首

五陵年少競春暉肥馬銀鞍白玉羈何似松間煮新茗更来花底覆殘棊

又

麥田小雨朧微青草樹欣欣照晚晴花下客来醒亦好猶勝閑户過清明

北軒老杏其大十圍春色向晚止開一花余憫其憔悴作詩嘲之

春木争秀發耄君獨不肯須懃一花少强逐衆芳闌頳艷人誰采微香蜂不来直爲無用物空爾費栽培

喜聖民得登州

晝日少閑暇中宵夢亦勞符移空浩浩榜楚鎮謷謷敢説今求郡翻思昔坐曹羨君乗五馬東去一何髙

太傅同年葉兄紓以詩及建茶爲貺家有蜀牋二軸輙敢繫詩二章献於左右亦投桃報李之意也

閩山草木未含春破額真茶采擷新雅意不忘同臭味先分疇昔桂堂人

又

西來萬里浣花牋舒卷雲霞照手鮮書簡久藏無可稱題投詩客助新編

讀穎公清風集四首

伊臯彝訓皆王度周召陳詩盡國風非獨立言傳不
朽相君功業自無窮

又

人生百歲隙中光唯有高名久不亡千古但令編簡
在清風養物一何長

又

佳城鬱鬱閟英靈幸有文章見典刑開卷未終雙袖
濕目前髣髴對淵庭

又

一言華袞足爲榮況託文編久愈明鄒湛不逢羊叔
子世間何處復知名公集有遺其詩數章

某皇祐二年謁告歸鄉里至治平二年

方得再來愴然感懷詩以紀事

十六載重歸順途歌式微青松弊廬在白首故人稀
外飾服童改流光顏貌非巫咸舊山色相見尚依依

蘇才翁子美有贈扶溝白鶴觀黄道士
詩記于屋壁歲久漫滅今縣宰周同年
得完本於民間抵予求詩

潦倒黄冠無足論白頭嗜酒住荒村任名偶爲留詩
著陳迹仍因好事存金石鏘洋虛殿寂龍蛇灑落古
牆昏飛黄滅殺浮雲外疲馬何能望駿奔

寄題傅欽之濟源別業

縣郭遥相望脩篁百畝餘林間清濟水門外大行車
道勝隨宜足身閑與世疎何時容命駕采蕨釣肥魚

酬終南閻詢諫議見寄

齒衰心力耗，揣分乞西臺。微禄供多病，閑官養不才。弊廬容嘯傲，清洛伴歸來。故友猶相念，寒光生死灰。

寄成都吴龍圖同年

照席燭花煖，隨車錦騎寒。江山資秀句，風月助清歡。政簡坤維静，仁深井絡安。行歌與獨酌，豈得並閑官。

喜才元過洛小詩招飲

素髮各垂領，舊交相見稀。不唯春物少，況是錦衣歸。洛社凍醪熟詩傳春酒凍醪也，伊魴絲膾肥唐人諺云洛鯉伊魴貴於牛羊。南軒已灑掃，命駕不須違。

享杞下第作示之

清白吾家舊，文章時態新。何妨偶蹉跌，未必遂沈淪。

增廣司馬温公全集卷十八

律詩

復古詩首句云獨步復静坐輙繼二章

踽踽出東軒徐徐步小園何須從吏卒亦不引兒孫
躡屐尋莎徑携筇撥水源愁聞俗客到唯説市朝喧

又

一榻僅容膝身心俱寂然直緣知樂内亦不為安禪
棐几陳緗掩竹窻殘扃捐尚餘喧噪在野鳥與林蟬

某詩首句云飽食復閑眠又成二章

錢少何須萬杯多不過三龜腸本易足熊掌詎宜貪
散步竹齋外高吟柳徑南此心無所思脫粟亦深慙

又

秋懷一事無暑盡晝凉初竹户靜長閑藜牀安有餘逍遥化胡蝶容易入華胥天上多官府神仙恐不如

閑居呈復古

閑居雖懶放未得便無營伐木添山色穿渠聽水聲經霜收芋美帶雨接花成前日鄰翁至柴門掃葉迎

次韻和復古五絶句

雪霜衰鬢拔還生桃李新園長未成五十尚能勝六十今年又減去年情

又

車如流水馬如龍花市相逢咽不通獨閉柴荆老春色任他陌上暮塵紅

又

東城絲網蹴紅毬北里瓊樓唱石州堪笑迂儒竹齋裏眼昏逼紙看蠅頭

又

家藏歌吹只西鄰吹落梅花歌落塵百葉桃開深院裏輸他白鬓有情人

又

鶯拂人衣絮撲頭紅英滿地綠陰稠殘春舉目匆匆愁思休上迢迢百尺樓

和復古小園書事

飽食復閑眠風清雨霽天葉深時墜果岸曲乍藏蓮波面秋光靜林梢夕照鮮東家近亦富滿地布苔錢

寄清逸魏處士

鄉樹三揺落臨風歌式微徒嗟俗緣重端使素心違
茅閣杉松冷山園藥草肥不能如海鷰歳歳一西飛

詩寄雲夫處士魏君兼呈知府待制入丈

一鶚曾飛奏中林下鶴書今乗使君馬重到逸人居
松竹過從久閭閻恵愛餘只應棠樹影比舊更扶踈

忝職諫垣日負憂畏緬思雲夫處士老兄
蕭然物外何樂如之因成浮槎詩
獻以紓鄙懷

秋水浮槎客漂如一葉輕鷗群雖仗信鯨口幾忘生
耿耿天津闊滔滔海浪驚何時還故土懷糈問君平

和次道西都元日懷不疑并見寄

露冕優分竹題輿佐晝圻廿年携手樂茲日賞心違

齋祀春來併娛遊別後希、誰憐從寶窣草際犯寒歸

送次道知太平州

浪蕩春流滿蕪湖候吏迎、旌旗曉日麗鉦鼓野風清

艶喜紅塵遠休嗟素髮生、尋城方四十自古以為榮

君倚示詩有歸吳之興為詩三十二韻以贈

吳越為君土崤函是我家纙纓從吏事傾蓋聚京華

奕世交朋重二先君景德二年同年進士同僚分誼加某與君倚李文吏治

闢封皆同嘗聲光嘗耳剽味辱肩差選士參縣石烝髭

應椽置帝畿園日月蓬堵積煙霞咨訪傾肝膽推褒

借齒牙後來慙瓦礫旁倚愧蒹葭談論寒天一詠諧

老栢漢虛舟坦莫逆璞玉瑩無瑕信矣陪遊衍胡為

起咄嗟勞歌盡鄉思旅夢各天涯識命簪紳累難堪
獄訟譁鉦簫朝揷蝟貫索暮如麻蘇藂霑朝服蜩螗
佛尹衙宿姦牢察宅弊俗費鞭檛黄鱛思吹絮吴中食蕈
魚鱛以揚花為俊羊羨憶臥沙閩中美羊有卧沙細肋梅林連雨墊黎
味得霜佳秋色城臨水春風咯入花稍肥初斷蟹斷蟹
事見笠澤藂書桑寄不通鷄秦人謂桑寄有鷄飛不過之語蹙蚓浮盤芡鉤
聯臥壠瓜江蕁半卷葉不蔽乍舒芽風物隨鄉樂山川
苦道遐若人才有裕修己德無邪正恐臨髖髀安能
捨鎖鋃怒飛期寢遍肥避亦猶賒不比溝中水微同
井底蛙果能真引去誰復強激邅旋結蝸牛舍還乘
下澤車閑門常拒醉岸幘任歌斜林野遊如麀泥塗蟄
似虵故人時記憶陽羨致新茶

寄題錢君倚明州重修衆樂亭

横橋通廣島華宇出𦲸榛風月逢知己湖山得主人使君如獨樂衆庶必深顰何以知家給笙歌滿水濱

某頃為諸生嘗受經於錢文學賦於張丈今□叨叅同為侍臣蒙錢丈置酒張丈□賜詩不勝愧悚之深言志為謝

疇昔勝冠日曾為絳帳生九言聞善教一顧得虛聲不意叨嚴近於今接老成寧須詩酒賜侍坐已知榮

次韻和沖卿中秋朧月

豈無錦幄褰簾舞匝擣明燒正赫曦共惜月華方滿夜更當秋色中分時烏皮几穩風侵鬢白玉樓高冷透肌千里浮雲何處斷北来試問鴈□知

和冲卿喜雨偶成

万里風隨使雨來塵昏消伏旱光開物情懽埶參差喜天意為仁容易回簾幌薄寒燈有暈窗色虛白麝成煤君侯雅有江湖興蕭洒何須氣象催

郭氏園送仲通出刺棣州

名園送喜客冠蓋去傾朝小雨塵微斂餘寒酒易消雁歸春近塞日上海生潮北道平如掌東風五馬驕

送劉仲通赴京師

聖朝方考牧蕃育寄才能屢別良堪嘆閑遊不復曾行塵遵洛汭朝騎對觚稜瀍上秋臺迥歸來正好登

喜雨八韻呈明叔

蘊隆亦太甚蓄蔚不朝隮直可憂秋穈非徒病夏畦

民心或能徹天造固難稽黯淡雲縱旋滂沱日未西
衣襟坐來終城闕望中迷林筍新稍活庭蕉濕葉低
鄉音從窓破紙行喜殺生泥昨且頻相報憑君謝竹雞
明叔家舊養竹雞放之林中今歲息頗故俗以爲雨候

和明叔九日

不禁衰鬢白羞看朝鑑明聊憑佳節酒強作少年情
雨後黃花薄風高醉帽傾如何不行樂況復值秋成

和明叔遊白龍溪

溪深荒徑微雪與膝不知疲寒月影隨馬曉風冰滿鬚
行歌披褐叟聚蟻拾薪兒外野饒真趣令人襟抱夷

喜李士東之侍郎得西京留臺

賤子何爲者栖栖今二毛滄波浮片葉大塊載秋毫

利物物何爾營營畢身已勞羨君遺世紛脫屣一何高

送李侍郎東之西京留臺

先公勳烈盛簪纓清白仍聞世濟于華省拂衣辭薄領長纓回首謝塵埃嵩峯排霧依稀出洛水迎人迤邐來寄語馬前頭白吏何殊昔日李西臺

和宋郎中孟秋省直 選字子才

夜久殘暑盡好風來滿襟沐公唯置枕冠小不施簪竹影亂涼月林稍熱曉參人心有喧寂何必臥雲岑

送宋郎中知鳳翔府

昔辭陳倉印於今二十秋雙鳧久東立五馬重西遊驍騎行關外壺漿擁道周民心已化服條教不更修

送稻醴與子才

昔賢尊道誼置醴待嘉賓今我樂閑放提壺餉故人
螘浮盃面白味撇甕頭醇何以助高興籬邊菊蘂新

和宋子中致仕後歲且見贈

閑官逢獻歲拜揖亦紛然須信家居日方為己有年
劬勞卅外衞名迹始終全伯玉空搔首蹉跎愧在前

戲書宋子中止足堂

舉世戀榮祿夜行無乃勞獨君年未至止足一何高
矮製烏紗帽寛裁白鷴袍華攘坐終日閑按紫壇槽

送致仕朱郎中令孫

世間榮利無窮物奔走勞勞何所之仕宦為郎非不
達功名有命待無時橐中雖乏千金直膝下常携兩
綬兒細校人生能此少好從閭里樂[illegible]熙

贈河中通判朱郎中 壽昌□巽之子稚弱中母劉氏被出壽昌長而訪之不能得熙寧中知廣德軍年五十三乃乞尋母棄身自訪求得於同州爲民党氏妻迎以奉養奏封邑朱揚州人以其母子孫俱在同州故折資通判河中

陟屺今將老，扶牀昔未行。旨甘無所展，朱紫不爲榮。里巷傳呼入，比鄰失弟驚。方知貫金石，何以易精誠。

奉同運使陳殿丞惜洛陽牡丹爲霜風所損 知儉字公廙

名花多種欲紛敷，一夕霜風非所虞。節物偶然何足道，人情遺恨不能無。飄飄律筆詩千首，惆悵東風酒百壺。縱使前春滿朱檻，使車那復滯西都。

和公廙喜雪

歸來河洛久愆陽禱祀徒勞罄肅莊林雲飛花暫白麥田濡萎未全黃城中稍覺桑薪貴村外時聞社甕香八使救攻憫惸獨斯民那復畏凶荒

寄唐州吳辨叔二兄

方域古稱險、溠、在豫州南近歲阡萊闢新民秦晉參當官誠近厚催譴亦無慙但惜牆陰竹歸轅幾日驂

和吳辨叔知鳳翔見寄

岐陽府舍始相逢四十餘春彈指中昔日布衣今露冕當時卜吏亦衰翁嘯吟父作藏身計條教應多及物功惟亘緋衣難再著長林極目起悲風

還張景昱景旦秀才兄弟詩卷

韡韡新詩卷青春映棣華機雲今繼美軾協舊承家

幸託仁人里時回長者車白虹光亂眼何敢議瑜瑕

酬張二十五秀才南園遣意 景暉字明叔

花卉日相續朝昏興寄新露荷香入座風竹淨無塵嘯詠皆群從喧嘩遠四鄰須知軒冕客富貴不關身

酬張三十秀才見贈 景昌字子京

樸學居人後清塗忝象先瓠因無用棄樗為不才全比得林泉趣仍因邑里賢自慙頭半白方解賦歸田

王金吾北園

丞相後園天籞鄰年年分借上林春目前但識禽魚樂門外何妨車馬塵花藥只疑名品盡圖書方驗古今貧將軍幕下無餘事端為風煙作主人

送王待制知陝府

疇昔誠相契，間開分不踰。先君知鳳翔府待制通判府事以道誼相知非直朋友而已

絶絃悲宿草，撫首念諸孤。位略尊榮間，年志復齒殊。清陰容腠足，重語辱噓枯。待制王漕京西光在武成幕府仍叨災別

鷗閣騫雲表，虹旌拂海隅。明光新出綍，陝陌重分符。豊潤還桑梓，讙謳復路衢。寧須更條教，耆舊邑簞壺。待制再為陝牧光寔陝人

送王伯初通判婺州

熠燿屏星駕，迢遥婺女區。嵐光晴向背，溪溜暖縈紆。万室鳴機杼，千艘溢舳艫。若逢耆舊問，能説隱侯無。

送王都官僉官滿還鄉字元之

梓美清廟器，可嗟沈下僚。優游仲舉坐，洋溢海昕謡。奏課應居首，知音況滿朝。從今黄鵠舉，眼冷望青霄。

送王書記之官永典 白字應辰

白髮添新鑷紅塵滿弊衣人生適未值吾道豈云非鞏洛風煙遠函秦草樹微長安春酒美行樂勿令希

送王著作慥西京簽判

古來都邑美孰與維陽先兒復元侯貴兼之從事賢政聲横關塞珠曲遍伊川慰眼登臨樂送君空悵然

增廣司馬温公全集卷十九

律詩

昌言謫官符離有病鶴折翼舁載以行及還修注始平公以詩問之命某同賦

曾下青田啄玉苗泥似病羽久蕭條謫仙不欵留塵世依舊提携上赤霄

二首

相閣書傳紫闥深破絨先問九臯禽不令一物傷天理仁愛方知真宰心

又

子高有徐浩詩碑昌言借摹其文甫及數

本石有微釁懼而歸之子高答簡有
碎珊瑚之戲昌言以詩贈子高同舍
皆和（司諫錢彦遠）

徐公精筆老生神石刻猶能效大隼直幾爲通書翻長
寶愈令好事惜傳人鋒鋩半折猶能健圭璧微瑕自
足珍直使畫隨如意碎石家玉樹未全貧（昌言家圖書所收最多）

昌言有詠石鼓詩三章模寫精指殆難復
加僕雖未覩茲物而已若識之久者
輒復強爲三詩以繼其後非敢庚幾
肩差適足爲此詩之輿臺耳（校理石揚休）

万古風濤侵石嵓老苔垂足細鬣鬛傳聞海底珠無
數何事從來散不簪

又

金闕銀城仙客居，款傳消息問麻姑。蓬萊無物堪為信，剪寄蒼龍一握鬚。

又

琅菜來從若木邊，西王母傳有碧海之琅菜 非膏非沐緑蜿蜒。玉盤委積着佳客，不是陶家無饌錢。

和始平公招一二賓僚

儒冠藹藹從平津，東閣由來盛衆賓。幾始何嘗志教育，高卑曾不間疏親。共陪樽俎無虛日，空喜谿山得主人。白雪屢要歌殊未和，自知着愧後車塵。

和始平公長句寄漢州何學士

勢交倏忽易蕭條，賴有伊人尚建標。須信松筠凌雪

茂肯爲蒲柳望秋凋欽賢高館三年别廣漢專城百舍遥書紙如雲詩叩玉數憑疾翼度青霄

奉和始平公酬大資政吴侍郎

道盛經綸業文高翰墨場雍容偃藩地密迩鈞璜鄉回首紅塵遠清心白日長山形抱城堞谿影照公堂穲稏千塍碧芙蕖万頃香跨波横略彴逼地亞篔簹大埜禾麻盛高齋几席凉夔龍屢賡唱東壁正垂光

奉和始平公喜聞昌言修注

鳳口除書下九閽簪紳拭目仰殊恩晚提麟筆依華蓋日就螭堦記聖言桃李新陰方藹藹驊騮老志更軒軒主人喜見相如達趣召鄒枚洗玉樽某與昌言俱出始平門下昌言時年五十九

奉賀始平憶東平

相印東臨汶水陽屢看春菊與秋霜登山置酒邀客
湛上馬田鞭問葛強谿竹低垂寒滴翠露上何相無路
交香霄衣深念長城固肯使從容傲醉鄉

陪始平公燕柳谿

谿光不動柳風輕玉帳森沈擁万兵鷗入煙中閑自
舞魚翻波面喜相迎樓舡下視晴天碧鼓吹前駈遠
陌清桃李壖時應感發薰然和氣滿春城

從始平公城西大閱

倉溟浴日照春臺組練光中玉帳開汾水騰凌金鼓
震西山宛轉旆旌回逍遙靜散晴空雨叱咤飄飛迴
野雷坐鎮四夷真漢想武侯空復道英才

中秋夕始平公命與考校諸君置酒賦詩

月華秋色兩鮮新萬里澄空不受塵兎澤素毛騰浩露桂飄香實下飛輪光侵酒面寒無力清入詩毫徒有神座客何須辭醉倒相君應不惜車茵

和始平公郡齋偶書二首

文武從容兩有餘公槐將幕往來居已安四海如三傑欲散千金比二疏今日監邊親跪轂佗年入殿賜乘車武侯暫為蒼生起長憶龍鍾卧舊廬

又

平安候火出雲間區脱無塵刁斗閑漢相威聲遥制敵胡兵遠迹夜開關赤松雅意思輕舉黄閣群心望復還玉帳牙旗空壯觀謝公高興在東山

和始平公以某得免使北

皇華將命得人難專對非才輒自言幸免驅車涉
漢尚容載筆侍宣温不惟蝨屈窮廬脉無奈賞遊强
闞寬褒識區區未能紬何時餘論奉清樽

始平公新作雙樗庵命某爲詩

間氣生王佐多才秉国鈞揀擢遷杞梓鄙勁仰松筠
底績承平業遺榮壽考身結廬依散木退讓樂天真

送何濟川知漢州二首

金馬從容樂問君何所之客心漂若梗親鬂素如絲
舊學已孤陋素交仍別離執經時有問使我復從誰

又

千騎擁朱轓青霞畫繡還遥復尋題柱迹重過棄繻關

嶢棧流雲遶秋湖脫葉般又遊今得意真不愧江山

奉和濟川代書三十韻寄諸同舍

金馬延群雋芸香聚衆書香疑神境絶深與世塵踈
氣逼煙霄爽光分日月餘不材叨誤選故友幸聯居
雲蓋森朝騎天閽謹契魚後先陪賈馬左右揖嚴徐
朱閣霜清外琁題日上初詞林精采擷藝圃縱遊漁
決勝秋枰暝窮歡綺席舒朝昏升紫闥咫尺待彫輿
玉疊俄鄉思銅符忽詔除綵衣承几杖華轂照園廬
四郭相垂蔭千塍絡散渠壺漿迎露冕鐃吹擁高旟
有德能仁虎無欺恥怒狙道塗繁揖讓犴獄絶淪胥
滯穗捿塲圃鳴桴靜里閭貧寧貴官燭飢不茹家蔬
公子懷青綬文園駕赤車古今相與校勝負定何如

上正開宣室人方誦子虛追鋒行入謁委珮復傳臚
撫巴聊睎驥臨民遽起予居然耗廩祿豈不愧簪裾
鵬翼顏何厚錐囊意未攄因循戀糠籺汩沒老塗淤
自顧徒爲爾誠非益者歟俄承呂公檄遂策阮生驢
驛騎傳巴徼詩筒達暮墟琳琅固無價燕石敢沽諸

濟川有書見貽去以親老須守遠郡以便
祿養不得如某在主人幕下因以詩答

千騎駸駸簇畫輈高旌大蓋五驊騮齊中酒美連翩
醉湖上花繁爛熳遊鷄犬相聞通故里旨甘不絕奉
辰羞祗應朝夕平津閣得向君前立勝籌

贈邵堯夫

家雖在城闕蕭瑟似荒郊遠去名利窟自稱安樂巢

雲歸白石泪鸖立碧松梢得喪非吾事何須更觧嘲

和邵堯夫秋霽登石閣

飛簷危檻出林端王屋嵩高咫尺閒獨愛高明遊佛閣豈知憂喜滿塵寰自窮蒼翠纖毫盡身得逍遥萬象閑暇日登臨無厭數悲風殘菊已珊珊先生冬夏俱不出

和邵堯夫年老逢春

年老逢春春莫咍朱顔不肯似春回酒因多病無心醉花不觧愁隨意開荒徑倦遊從碧草空庭慵掃自蒼苔相逢談笑猶能在坐待牽車陌上來

送酒與邵堯夫

紅櫻零落杏花開春物相催次第來莫作林間獨醒客任從花笑玉山頽

再和堯夫年老逢春

年老逢春猶解狂行歌南陌上東岡晴雲高鳥各自得白日遊絲相與長草色無情盡眼綠花林多思襲人香吾儕幸免簪裾累痛飲閑吟樂未央

送酒與邵堯夫因戲之 前送牡丹藥苗堯夫昔有詩

林下雖无憂可銷許由聞說掛空瓢請君呼取孟光飲共插花枝煑藥苗

和邵堯夫安樂窩中職事吟

靈臺無事日休休安樂由來不外求細雨寒風宜獨坐暖天佳景即閑遊松篁亦足開青眼桃李何妨插白頭我以著書爲職業爲君偷暇上高樓

酬邵堯夫見示安樂窩中打乖吟

安樂窩中自在身猶嫌名字落紅塵醉吟終日不知老經史滿堂誰道貧長掩柴荆避寒暑只將花卉記冬春料非閑處打乖客乃是清朝避世人

增廣司馬溫公全集卷二十

九月十一日夜雨宿南園韓秉国胥司酒
兼見招以詩謝之

雨多秋草盛濃緑擁寒階吾廬奧且曲退縮如晴蝸
小園已自隘欲往泥霑鞵體羸畏風冷室處門常閣
空蝸九日古所重負此時節佳緬想使君宴綺席臨
高齋肥羜堆玉盤飛觴酒如淮楚舞淩湖波茱萸落
金釵神醒鼓吹喧百疊疑傾崖歡餘忽我思牙兵星
火羌潠泉耻獨醉醇味相與皆我飲雖不多和氣浩
無涯梧丁拾為果拒霜代為柴沼中數丁魚烹煎足

爲鮭矣臭肉爲鮭鯆魚臭誰言無以侑餚多嗚呼交道久衰
薄嶋發見吾儕奈何數舍遥晤語積年乖况乃辱嘉
招私心豈不懷轘轅石道漩重以陰雲埋雖有果下
馬欵段非遲佳臨風徒竦踊志願焉能諧狂詩寄一
笑聊用當談俳

夜坐

春陽氣未勝重爲陰所乗岑崟積雨闋慘慘餘寒增
流雲凝不開烈風尚憑陵夜闌閉户牖青暈生昏燈
僮僕悉已眠書几久敧凭兀傲獨閲舊聞暫使心竟澄
有如行役歸丘園怳重登又如遠别離邂逅逢友朋
嘵尔宵遊子何異魚入罾奪其性所樂强以所不能
人生本不勞苦爲外物繩坐愁請且出文墨來相仍

吏徒分四集，撲撲如秋蠅。煩中劇沸鼎，入骨真可憎。
安得插六翮，適意高飛騰。

宿南園

須來興味少，旬日不爲詩。昏昏但思睡，疲病知吾衰。
豈無籬邊菊，不散枯酒卮。絡緯爾何苦，終日鳴聲悲。

八月十五日宿南園懷君貺

昔公在洛師，未嘗棄嘉節。今霄秋半分，空羨西園月。
天色湛澄清，風聲冷騷屑。笑言不可親，引領望金闕。
賴有篋中詩，端居數披閱。

走索

伎兒散諸衆，喜占衢路交。繫組不厭長，縛竿不厭高。
空中從往來，巧捷如飛猱。却行欠膚寸，側經連秋毫。

參差有萬一，齏粉安可逃。錢多不盈匊，身世輕鴻毛。徒資旁觀好，曹偶相稱褒。豈知從事者，處之危且勞。

苦雨

今春暮冬亢陽，引領望雲族。首夏忽滂沱，意爲蒼生福。自爾無虛日，高源亦沾足。連年因饑饉，此際庶和熟。如何涉秋序，沈陰仍慘黷。長晷溟溽漫，晝夜浩相續。喧豗流潦怒，突兀壞垣禿。駕牛泥沒鼻，跨馬水平腹。瓦欹松漫白，道廢草濃綠。汚萊閔下田，漏濕連破屋。縱横委地麻，狼藉臥隴穀。怯聞飢嬰啼，愁聽寡婦哭。閑官雖無責，飽食愧有祿。世紛久去心，物役忝經目。欝陶聊秉筆，狂簡已盈幅。

酬趙少卿（丙字南正）藥園見贈

鄙性苦迂僻有園名獨樂滿城爭種花台地惟種藥
栽培親荷鍤購買屢傾橐縱橫百餘區所識恨不博
身病尚未攻何論療民瘼

登封寵國博元常字懋德年三十八自云欲
棄官隱嵩山作吏隱庵於縣宇俾某
賦詩勉率塞命二月二十三

懋德負長才全牛不足剸纔為百里宰驥足殊未展
齒髮方盛強趣尚已高遠結庵職二室志欲巢絕巘
賢人心如雲無迹有舒卷不須矯俗目卓犖乃求顯
既知吏可隱何必遺軒冕

暮春同劉伯壽史誠之飲叔達園

絮狂飛作團梅小不多酸共惜餘春好更窮今日歡

清流[illegible]花底翠嶺出林端嫩笋玉縈筋新櫻珠照盤
邀迎嘉客易會合故人難寄語門前僕驊騮任解鞍

用前韻再呈

舊友今餘幾追思鼻可酸休論身外事且盡目前歡
辟荔垂隄面酴醾擁席端舞精抽繭緒絃妙落珠盤
醇酒回春易靈丹却老難扶歸不復記茗艼上金鞍

示道人

天覆地載如洪炉万物生死同一塗其中松栢與龜
鸖得年稍久終摧枯借令真有蓬萊山未免亦居天
地間君不見太上老君頭似雪世人浪説駐童顔

謝君貺中秋見招不及赴

不待庾公宴月華虛四秋幸逢東閤開又阻西園遊

青暉散廣坐孤影隨行舟蓑衣如未歸志願終可酬

久雨效樂天體

雨多雖可厭氣凉還可喜欲語口慵開無眠身懶起
一榻有餘寬一飯有餘美想彼廟堂人正應憂變理

送張伯常同年移居郢州

楚山碧參差楚江白逶迤玉炊稻粒長縷切魚腴肥
羨君盡室行飄然無所羈伐竹營茅茨種橘為藩籬
荒陂無四垣但以荷塘圍官雖朝大夫身世已相遺
野老坐爭席林叟談忘歸猶嫌沮溺徒名字為人知

南園飲罷留宿詰朝呈鮮于子駿范堯
夫彝叟兄弟

園僻春深衣寒積雨闋中宵酒力散臥對滿窗月

旁觀萬象寂遠聽群動絶只疑玉壺氷未足比明潔

自用前韻

耿耿寐不成迢迢夜未闌良用悔不留負此當軒月
懷想空鬱陶眺聽轉清絶它時重見過餘樽猶可潔

賜果

南海荔支來別館蒲萄成匪頒陜下賤捧拜同雖榮
置黍敢先食臨槃多未名懷核待歸種復愁千歲生

病中子駿見招不往兼呈正叔堯夫

衰遲拙自將蘊積成中病掩扉卧小榻安養惟便静
遥知良友集鬱苦荀陳盛獻酬屏浮飾簡率任真性
雖無束帶苦實憚把酒併開囊撿藥物不與罇罍稱
筋骸幸復常它時掃三徑

和子駿秋意

好風自遠來小雨初濡地雖當朱夏半已有清風意
新蟬乍孤吟病葉或先墜頓覺愈沉痾暫喜濯炎熾
彩筆動高興瑤徽發幽思賤子獨何爲霄涼甘熟寐

龍門

石樓臨晴空南眺出千里人怜山氣佳余勤禹功美
想彼未鑿時極目皆洪水誰知耕桑民幸免魴與鯉

同子駿題和樂亭

春禽弄晴朝秋蛩吟雨夕風和振蘭芳露寒滋菊色
萬物苟得所隨時各有適矧伊人最靈胡爲長慼慼
聖人垂大訓粲爛著方冊至和樂無聲大禮簡無跡
心專守中庸身不蹈邪僻造次常在肌須臾不離側

窮通雖百變何往不自得茲亭聊寓名和樂在胷臆

送王殿丞景陽知眉山縣先君與秘閣府君相繼為利州路轉運使子與眉山同年登弟

疇昔侍嚴親俱為綵服人遊蘭已多益得桂復同春風樹悲歡異萍波聚散頻峽中盡遺事何處不沾巾

又

君行杳何許萬里蜀雲西野色春期近林煙曉意迷天藏巴峽小星逼劍関低莫使鄉愁乱咬咬信子規

送朱校理寀字廉叔知濰州

東國連年水傷稼使臣到部即行春茫茫四野潢污竭鬱鬱萬行桑柘新俗不好奢田罍貫獄無留繫吏家貧濟人勿怨歸朝速自是承明侍從臣

貢院中戲從元禮求酒 太常博士畢田

顧我虛罍恥知君餘瀝多庭前有春色柰此薄寒何

黃損

黃柰綴縹蒂搖落楚江湄來助盃盤勝著將橘柚偕時稀香不殺物遠味尤佳歎種滄州樹何年此意諧

寒食南宮夜飲

積雨留省署客易度春華芳草蹋青晚長楸行樂賒雲踈聽送雨風細聞飛花直有黃金百無因過酒家

送孟著作導字傅習知濟陰

聖主焦勞意龔黃百里輕東州比歲害劇令選精明水夫良田闊人歸旅鷇生閭巷還舊觀鷄犬戀新聲盜散疲民活蕪寬老吏驚政成知不日雙耳為君傾

同次道陪讌瓊林按勘宋敏求

冠蓋連翩數里塵　帝家全借上林春　鵷行不動煙霞秀　龍角正高雷雨新　喜氣晴暉宮樹緑　飛花醉墮玉卮頻　蒲萄盧橘應相識　半是當年舉酒人是日在席同年七人

送高陟歸金陵三舉不登第以好孝孝弟聞於鄉里

之子秣陵去　悠悠天塹東　帆開曉風疾　潮落夜江空　在昔子華盛　至今人物豐　山川氣雖盡　龍虎勢猶雄　卞玉已三獻　齊禽計一冲　當令闕下吏　洗目認終童

送馮狀元京歸鄂州

夙昔負奇節　琅然為衆殊　下韝連得雋　出手盡成盧　喜氣兼鄰曲　榮名溢道塗　風雲俱動色　非復舊江湖

送吳耿先生先生通六經大義久客關中今還建陽北山

儒服若煙海幾人濬聖心難才成自昔賤學況于今
夫子獨神解明時何陸沉大羹無和味至樂寡知音
蹭蹬貂裘弊飄蕭鶴髮侵遊秦不得意思越動長吟
甑米難求玉經囊益少金拂衣謝賓友縱棹指雲岑
積藁埋幽徑荒藤絡舊林澗猿驚重至野老喜相尋
山色猶當戶絃聲不變琴人生貴適意何必慕華簪

賜書御書四民安康字

上聖固天縱英藝皆絕倫時乘萬幾閑翰動如有神
用之當豫遊不志安四民匪頒及群下絡繹來中宸
毿毿虛鳳翔鬱蟉虬龍振倩若四海秋熙如天下春
愚臣士介微亦受雨露均頒推賜書意宜以古義陳
士本亭先生所求誼與仁農當服稼穡商作甽畝勤

百工倫用器，不詒刻繡文。万商遷有無，不通珠璣玲
四葉既交修，坐令風化純。人和衣食豐，天應殊祥臻。
皇心正在此，非以能高人。

怪石

昔去江湖鄉，來與松桂接。圭角老龍脊，鋒稜秋劍鋏。
歷亂古苔點，交横敗莎葉。會使成都人，更疏神著揲

觀試騎射古調詩

閶闔風正清，觚稜日初曜。材雄集便聽，玉座親臨視。
三河俠少兒，初識天子貴。天山汗血騮，騄躡金羈
揚鞭秋露高，簡射有餘鋭。縱迴勢奇觀，盤折動如志。
鳥雀應心目，審固終身臂。鳴弦雷電驚，中的氷瓦碎。
龍顏傳笑春，書色連傍侍。且為徒步人，暮作紫纓使。

揚揚出九門親友生意氣須知天地德眞勿忘所自
黠羌猶旅拒獫狁方檠熾求爲忠義臣無負搜羅意

興宗許菊久之未得 鄧元

菊栽許送定知何庭下不堪秋草多九日無花更
無酒便攜藜杖直相過

得菊并詩

菊花小蘂卻悽斷野興蕭蕭已相遂同來更得詩
句兼以立看詩忘栽菊

昔別贈宋復古張景淳

昔別如飛蓬飄蕩隨所適那知十六載卮酒對今夕
眇然思舊遊間不容一息百年詎幾何會合難屢得
復古素愷悌志行重金錫皎如百鍊精不爲爍濕易

景純氣高逸浩蕩誰與敵下筆驚雷霆龍蛇走石壁
居然器局狹但有富貴適宦時綰金印羈束興愁寂
須貪今日歡快意浮大白勿辭簪弁傾頹然倒樽席

晚食菊羹

朝來營庖廚飲啄厭腥羶況臨敲朴喧憒憒成中煩
歸來褫冠帶杖屨行東園菊畦新雨霽綠秀何其繁
平時苦目病茲味性所便采擷授廚人烹瀹調甘酸
毋令薑桂多失彼真味完貯之鄱陽甌薦以白木盤
餔餟有餘味芬馥逾秋蘭神明頓飆爽毛髮皆蕭然
迺知愜口腹不必矜肥鮮常聞南山陽有菊環清泉
居人飲其流孫息皆華顛嗟余素荒浪強為簪纓牽
何當葺弊廬脫略區中緣南陽匄嘉種蒔彼數畝田

抱甕新灌溉爛熳供晨餐浩然養恬漠庶足延頹年

癭盆

癭盆生以醜自彎鬲突然當軒聳群目海畫鬭怒幹張老鼓蟠螯鱗鬐秃昔時仙客浮孤槎波痕漬污成凹窪蜀都冒貝卜置之去爾來流落嚴遵家誰逢好事得實甚與供盥濯真可辱況為飲具承歡娛未必踰根勝珠玉進不若刳為太古尊滿斟明水羞百神塊桴葦籥薦忠信坐使風俗還深淳

增廣司馬温公全集卷二十一

律詩

次韻和王勝之十二月十五日退朝馬上作

瓦溝微白雪光清闕角初紅海日騰塵息長街千騎入鞘鳴深殿六龍昇雲巖有客空回首圭蓽何人尚曲肱自咲鄭生章綬縛不容逃去正如曾

和河陽王宣徽九日平嵩高閣宴集 拱辰字君貺

九日茱僚集千秋勝賞同飛橋貫河渚危閣壓霜風金散黄花泛雷驚疊鼓通百尋高鳥外方里寸眸中檻氐臨丹葉盃中倒碧嵩來雲低拂座去鴈遠沉空吹帽陪遊阻揺旌結想叢風流免堙滅鄒湛倚羊公

小十字

和王虞仲道濟以其始自陝右遊山歸復將登少室爲詩見寄

瘦馬飄飄屢往還疲勞專爲訪名山須知筋力行將老漸恐峯巒不可攀蠟屐早能尋勝槩彈冠悔更落塵寰幸依賢者爲東道大得逍遥水石間道濟居緱氏

和王少卿十日與留臺國子監崇福宮諸官赴王尹賞菊

儒衣武弁聚華軒盡是西都冷落官莫歎黄花過佳節且將素鬢共清歡紅牙板急絃聲咽白玉舟横酒量寛青眼主公情不薄一如省閣要人看

送張景淳知邵武軍

閩嶺窅何在東南千里遥仳離傷草草會合更迢迢

隋岸微吹絮吴江欲上潮肯無同舍念回首弭輕橈

送張章伯知湖州

江外饒佳郡吴興天下稀蓴羹紫絲滑鱸膾雪花肥
星斗寒相照煙波碧四圍柳侯還作牧草樹轉清輝

送張少卿學士知洪州 字子憲

相府典刑在朝闈望貫高細書榮史觀典樂重卿曹
夷路迎飛鞚桑林應奏刀家藏傳舊學廟鼎刻前勞
袨服屯千騎連檣閱万艘劍鋒衝夜氣閣影動秋濤
風色傳花信煙光拂酒膏使君專望俗無意在遊遨

送張學士師中兩浙提點刑獄 字吉老

朝家重典刑書府借時英鉦鼓喧江下雲山拂眼清
秋風鱸鱠美晝日錦衣榮勿似朱翁子空令守邸驚

到并州已復數月率爾成詩

忽忽此何地經時更自猜深疑醉裏得復以夢中來薄宦真何益浮生信可咍鵬蜩定有分不若寸心灰

謝人惠酪羮

軍廚重羊酪饗士舊風傳不數紫蓴滑徒誇素鮪鮮爆蠡煩拾取勺藥助亨煎莫吳吳兒說還令笑茂先

送沈寺丞紳知南昌縣字公儀

長江湛湛帶楓林古木寒雲縣寺深老吏不能容狡獪細民無復有寃侵洪崖丹井闌猶在徐孺衡門誌可尋寧復淹留如寶劍更令牛斗氣沉沉

酬不疑雪中書懷見寄校理邵必

直道免三黜敢云羞小官盤餐紅粟澁衣桁黑貂寒

書府容身易，侯門曲意難。荆扉盈尺雪，有客讓袁安。

答師道對雪見寄 直講陳脒

陰風一夕飄，曉雪滿都城。氣覆千家白，光連萬象清。
戀空飛不下，弄態舞相縈。散乱初無定，飄飖轉未成。
綴垣時鈌剥，壓竹乍欹傾。細隙過無滯，寒牕拂有聲。
園林匀結練，觀閣巧彫瓊。草木情先喜，乾坤氣亦縈。
營魂頻踈健，病目暫虛明。郢曲高誰和，羞將叩缶并。

正月十四日夜雪

疊瓦浮輕雪，參差粉畫難。苦欺初变柳，故壓未生蘭。
夜色微分白，春容不受寒。即爲花卉奪，猶得暫供看。

和道粹 檢討王紞目 雪夜直宿

天禄凝寒近紫臺，書幃夜對雪華開。曾樓直倚寒空

出清漏遠從深殿來薄夢不成冰柱折曉光先到玉
花催兔園終是諸侯事虛費相如能賦才

送王校理（擇字公和）守琅琊（沂公兄子為公後）

金門倦鳴玉千騎出東方封略依浪海枌榆近故鄉
秦碑苔蝕字鄅稻日翻芒國吏遥應識當年丞相郎

題楊中正供奉洗心堂（崇勳之孫）

閥閱盛山西朱門颺戟衣雅知名教樂深嘆宴遊非
一室琴書隘三年園圃稀異時論事業肯復讓輕肥

送龔章判官之衛州

凡硯昔年遊於今成十秋松堅終發石魚變即辭流
近郡無飛擻清時不借籌淇園春竹羡軍宴日椎牛

送王瓘同年河南府司録（字文玉先君嘗為此官）

綵服昔為兒隨親官洛師至今餘夢想常記舊遊嬉
佐史頭應白書樓樹已欹聞君行有日使我淚交頤

送王彥臣同年通判亳州 字伯逢

先朝御六飛親謁賴鄉祠午酒當時惠衣冠此日思
仙蹤丹有竈天瑞檜化枝聖主憐耆舊題輿得吏師

和次道大慶殿上元迎駕

鳳律年華到尚新九重氣象已成春片雲低拂羽林
仗宿雨先清紫陌塵玉殿鳴鞘傳警蹕彤庭委佩集
簪紳闕前無復龍魚戲自有驩遊億萬人

送范邑田 孝標知無為軍

疊鼓鳴鐃迎候新軍牙孑孑倚淮津聊應衣繡過鄉
曲不作引章韉故人荻迸短牙淝水暖荷浮圓葉濼

鬭羹使君此去榮多少猶是當年盡勗身

登平陸北山回聯陝城奉寄李八丈學士

使君二十二韻

漢家二千石躬望向來尊况復嚴徐客從前益稷孫公侯貴不絶禮樂器常存符竹臨分陝聲光應列藩親闈先契重三司同僚子舍近交敦滑州同幕柏壟依仁域松陰接故園懷歸聊露請子告辱推恩荷役煩彊候停車下郡門惟屬紛大館騶騎屈朱轓不以黎苗待還將臭味論森羅牢禮重減裂俗儀煩霜霽威嚴息春生笑語温草微侵碧甃塵不染華軒日影揺雲棟風痕過玉樽落塵歌迥出激楚袖雙翻雅戲棊交局珍著熊薦蹯河梁俄首路紛曲訪吹塤舉手辭雙戟騰

裝改北轅鳥飛城樹曉鴈泊野蕪暄耿耿清摽闊涔
涔宿酒昏白蟠縈版道數里豁川原跂馬風煙外依
稀皷吹喧

貟村坂其東八政木即古之傳巖有傳說廟又東北虞城古虞公之国也

穹谷隮盤紆河瀕陝北隅泉流涓不絕圍勢儼相扶
幼旭分高下空煙似有無石灘醒耳使嶠樹窣雲孤
天霽嵐光活人稀草色酥牧兒歌自若樵子遠相呼
壞道傍連傳空城右指虞窮巖全寂寞蔓草只荒蕪
野店寒餐澁山程瘦馬瘏物華供興趣亦足慰崎嶇

山頭春色

天意歆田畯群生稍欝烝平田猶未徧絕嶺獨先升
翠色添崖柏寒聲折澗冰誰為物外友挈手欲同登

宿魏雲天山庄

先生嫌俗賓猶與故鄉親聊借煙霞地以休韁鞅身茅茨深有徑鷄犬四無鄰蔌蔌闇花墮蒼蒼老栢春飯吹松粒細盤采蕨牙新靜覺精神健閑知氣味真谿泉冷毛髮山翠濕衣巾竹色消酲易林聲破夢頻客輪來往轍驛路古今塵明且空回首白雲應笑人

又七言

聞道山家門鎮開獨鞭疲馬出塵埃白雲明月先無約何事今宵亦此來

留别逢吉

君念承明身味稀相逢惜别重依依會稽太守方坐嘯東郭先生還步歸嚴助朱買臣皆爲會稽守東郭先生學道時詔公車樂飲

林塘留散物餞行里舍動光輝雙旌迴去行人發一帶長臯煙雨微

陝城桃李零落已盡陝石山中今方盛開

西望飛花千樹暗東來芳蘂一番新行人不惜泥塗倦喜見年光兩處春

馬上口占

自黽至洛循穀水百餘里

已煩穀水遠相送更得嵩峯遥見迎水碧風清看未足却愁前到洛陽城

送不疑知常州

官學不營身京華費十春非貧爲郡樂意歎與民親祖帳清門道歸帆楊子津江山舊遊在煙火故鄉鄰

敢惜離群闊欣聞得吏循嗟子一囊米深負鬢絲新

送聶之美任雞澤令

趙魏高氣俠到今風俗然椎埋吏難禁擊刺世稱賢
明府宜更瑟罷民庶息肩無如繭絲者急斂縱敲鞭

送張秘校牧知分寧

百里大夫官不輕莫嗟頒上鬢垂星人生穀祿偏宜
晚世路艱難不厭經數曲秋江縈縣白幾峯雲色入
簾青于公嚮日多陰德巳有鵷雛在帝庭

館宿遇雨懷諸同舍

佳雨濯煩暑翛然生晚凉森沈殿瓦碧冪歷井苔蒼
院靜松篁秀人閑鍾鼓長憑誰同把酒清興脊相望

送韓宣講鐸字子文鄆州寧親

車馬儼何之東崗舊有陂三年別親意千里達家時
去仕元戎幕來為太學師寧須負斗米不復斷機絲
物色迎歸軺恩光入壽巵人生無此樂此樂獨君知

送丁秘丞知雍州翊字公佐

古縣跨河流人繁軍市稠羽飛朝暮驛鱗疊往來舟
兄擅才華久時推政治尤足猶妨老驥目不礙全牛
從道西来近能無東望愁時因趍上府窮巷一相求

苦雨

積雨歆侵旬朝晡漫不分蒼涼微露日慘憺已生雲
地半成泥滓天應厭垢氛時聞度鶬鴰空外自為群

酬師道雪夜見寄

玉樹交橫雪後天銀河滉漾玉欄干肇峯微結氷絲

遊燈暈初成花燼殘太學先生氈苦薄公車倦客屨仍單欲吟佳句到清曉夜寂愁聞金石寒

代叔禮作使北

人主愛民物心無彼此情約歡同一國蒙福見群生玉帛遥相望風波寂不驚熙熙南北海所至盡升平

又代作擊毬

肅奉乘軺命仍陪戲馬遊朋分初迥出勢合復相收顧盻華星徹縈迴紫電流良因重嘉好禮接使臣優

送許先輩泰符尉宗城

紅塵久帝城高價動公卿竹柏寒初茂驊騮老更成冰霜騐馬瘦書劍束裝輕丞相虛東閤遥知倒屣迎

送趙殿丞象字子与歸成都祀明堂礼畢子蜀新升朝以恩[illegible]其

父大礼評事賜告歸寧得其除書以俱二三同舍為詩以紀其美僕得回字

蜀棧錦衣來高堂綬笥開恩輝同日至喜色共春回
駟馬過鄰社朝裾捧壽杯吾生無此樂空使寸心摧

送張都官肅字子莊江南東路提刑得前字

楚俗号難治司刑尤擇賢危疑片言決舒慘一方專
松不彫寒色絲曾斷直絃清風過江外應在下車前

送楊秘丞秉通判楊州

苦聞小杜說楊都當昔豪華今在無江勢橫來控南
楚地形東去瞰東吴万商落日舡交尾一市春風酒
並壚得意莫忘京國友蹋塵衝雪奉朝趍

送光禄王卿周致仕歸荆南

九列雖榮非顯塗人生已不負爲儒拂衣長揖變龍
貴散髮還爲黄綺徒白鶴歸飛心自遠青霞高夆勢
何孤千金盡與鄉人費不向江頭買木奴

增廣司馬溫公全集卷二十二

律詩

謝王道濟惠古詩古石器

緱氏古城裏好古王道濟作詩有古風讀書知古意朝來遣僕夫遺我古石器結從天地初生自一拳緊工匪創規摹般輸施剞劂淪銘北窻下坐有羲皇思嗟予性迂鄙齷齪居今世忝官污臺省曾無益時智退藏又濡滯尚不離朝市闘地避煩暑頗與營巖類新搆西齋中鑿地為室謂之涼洞誠非古人比拜賜得無愧

康定中過洛橋南得詩兩句於今三十二年矣再過其處足成一章

銅駝陌上桃花紅洛陽無處無春風重來羞見水中影鬢毛蕭飄如秋蓬

酬仲庶終南山詩

泰山魯所瞻終南乃秦望西浸井絡闊北壓鶉野曠條枚蘊名材金玉富珍藏飄風何烈烈万物盡搖蕩屹立不傾倚勢與厚坤壯有如牧伯賢斯民蒙保鄣雪霜凝自寒千里獨重纊病夫伏閭里非能事微尚顧無孤高賞濼飲安可強景行雖不忘誰敢承嘉貺

酬永樂劉秘校庚四洞詩

貧居苦湫隘無術逃暑熾穿地作幽室頗與諸友宜寛者容一席狹者分三支芳木植中堂嘉卉列四垂陋甚接賓宴適足供兒嬉自問安取法前修果慕誰

非如太古民營窟避寒戚又非學射人空石鼻惡慝
又非沮漆俗陶復習西夷又非楚司馬金奏相賓儀
又非鄭伯有壑谷甘糟醨又非越王子丹穴免憂患
又非張巨和崇嚴立師資所慕於陵子欵效蚓所爲
微窾足藏身槁壤足充飢養生既無憾此外安敢知
唯祈膏澤布歌笑樂餘滋豈羞泥土賤甘受高明嗤
何言清尚士善頌聲形詩困剥固未嘗幷復敢終辭

謝胡文學九齡惠水牛圖貳卷

牛生天地間益物用最大其功配坤元象爻參衆卦
血毛類上帝騂犅景福介宗廟及賓客百禮無不在
引來刺中田粒食蒸民賴服箱走四方竭力任重載
昔聞戴叟筆圖寫窮纖芥胡君繼其蹤甚肖立異代

公卿仰名聲一覩不可憐如何散賤者遇有雙圖賫
所嗟性頑愚雅一不曉佳畫有如歌九韶鍾鼓樂聾聵
得之乃虛器無異居大蔡袖物恐化去立召風雨怪
雙圖雖卷還重既敢不拜

不寐

長年睡益少氣耗非神清昨朝多啜茶況以思慮并
中頃枕屢移展轉何時明蘇秦六國印力取鴻毛輕
白圭萬金產運知力何營如何五更夢百方終不成

又

思夢久不効良夜行已闌此心如盃水擾易澄苦難
百年能幾何万慮誰能殫一齊置勿復尋專取形神安

又

四遠寂然群動收只餘嚴鼓度坊樓無由更續三更
夢何處飛來一點愁

和鄭幾六月十一日省宿書事

長夏金正伏火意尤驕盈夫子寓官舍無術逃煩蒸
軒窗豁四開滅去壁上燈紵衣不可親羽扇安能勝
濯泉泉已温撫簟簟可憎萬葉悄無風但有飛蚊鳴
六府燥不濡喉舌煙塵生攝衣起徐步四顧天正晴
雲漢淺欲涸箕畢徒縱横忽思終南巔秀出秦雲清
上有長松林蔽日深杳冥下有萬仞壑含畜太古氷
安得躡輕屐杖策緣峥嶸挂冠芙蓉闕結屋高崖稜
回視萬鍾禄影撇如飛蠅

和始平公夢中有懷歸之念作詩始得兩

句而痞困足成章

元宰無洪鈞四海可熏灼至人養天真視此猶嬰縛
出入金鼓威痞瘵琴樽樂適知伊吕心未始忘丘壑

和仲通秘閣校理張洞苦暑患長安幕中望
南秋雪呈鄰聖

秋雲覆秦川小雨野未濕誰言終南頂已有霰雪集
返景開新晴屏翳顏昭都邑初疑江津闊遠浪横風急
又疑龍脱骨逶迤委原隰詞客登高樓四望清興入
當時應百篇遺散不復拾今兹官帝城大暑著困欝悒
紅塵滿九衢出入冠帶襲家居賓旅來俯僂煩拜揖
回思幕中趣引領安可及江翁養文采正法玄豹蟄
君性犯其嚴騰起誰敢縶嗟子素性怯旁睨毛髮立

強復綴此章庶幾勇可習

和仲通追賦陪資政侍郎吳公臨虛亭燕集寄呈陝府擇之學士

吾家陝之北陝事吾能說孤亭占城隅形勢最殊絕雲消天宇空極目飛鳥滅大河西北來洶湧地脉裂萬里卷流沙長驅走滇碣群山勢離合披靡隨曲折林薄帶村墟郊原如綉纈祠宮望神禹閑田指虞芮高丘想巫咸傅巖懷傳說聖賢迹已遠縹緲見風烈吳公昔爲守治行瑩冰雪君從豊鎬來華館息塵轍主人喜嘉客置酒外嵽嵲清歡結無涯燭至樽未撤誰知捧手辭遽有幽明訣至今猶僾逡遺愛滿耆耋擇之新下車條教悉施設依然典刑在先後如符節

嗟子仕京邑苟祿自羈絏丘壟翳荒松三年灑掃缺求歸未能得朝暮膓百結得君臨虛詩𥂕歸見里閭何時往登臨曠若目去臆憂來復長吟益使心寸折

秋意呈鄰幾

新涼入閭巷舊暑何人掃筠籠賣紅蓮葰階墜丹棗舊衣日以踈紈扇安能好蟬悲西風樹燕乱斜陽草此意屬淵明籬邊幾樽倒

次韻和 掃棗好草倒

槐花滿庭除籜籍籍不可掃稍踈召平瓜漸熟王陽棗失時團扇棄新進袷衣好日暮益愁思寒螢起幽草忽開秋興篇歎賞幾絶倒

又對前韻 窺梨甲枝垂

端居倦煩暑園圃久不窺雨餘秋氣新紅葉生紫蕤
形骸得蕭散不知環堵卑何能効流俗把酒須菊枝
登高巨可醉四野青雲垂

又 偏眼舟藏邊

縱棹下清溪波靜地乃偏日夕水風涼蕭灑成安眠
兀兀但高枕悠悠還進舡中流忽鸛語漁父歌扣舷
山川非鄉時廻首雲霞邊

又 後櫳有朽柳

弱植生陂澤託根北堂後昔時青春姿扶疎映軒牖
風霜日消落憔悴復何有蠹穿枯節斷雨漬虛心朽
幸不夭天年猶得勝凡柳

聶著作三勗謫官長沙作耐辱亭書來

索詩

少連善降志無卹能忍詬茲亭名耐辱締搆自吾舅
樽前湘酒清席上湘山秀於焉忘榮枯終日醉醺酣
攻愁若攻敵避喧如避寇困久理須通非徒保无咎

次韻和不疑假書鄰幾知方酬寢為詩

適意

次翁順天和心迹兩夷簡雖如邊韶寢且異宰予嬾
平居無時閑經史自課限高歌慕韓林鳴琴寫中散
翛然物外人強為章綬綰官舍苦愁霖瞬息聊休眼
勤勸已有餘宴安何愧赧借書誰敢辭歆枕尚未暖
不疑神驥才垂耳困阜棧碌碌隨吾儕拜揖把手版
毋嫌朱墨倦騰舉已爲晚慎勿思山林小林付愚孱

不疑廳薜荔及竹

脩竹非俗物緣壁龍鱗老紛披雨踈翠煙色宜秋早
主人日封植清風庶長保

和公達過潘樓觀七夕市

織女雖七襄不能成報章無巧可乞汝世人空自狂
帝城秋色新滿市翠帟張僞物踰百種爛漫侵數坊
誰家油壁車金壁照面光土偶長尺餘買之珠一囊
安知杼柏勞何物為蠶桑紛華不足悅浮侈真可傷

酬鄰幾問不飲裁菊

黄菊本夭物先隨元化生酒醴迺人功後因儀狄成
酒客強親菊菊酒初無情種之荒堦側何嘗妨獨醒
脩竹氣蕭洒自合生君庭

八月十七日夜省直紀事呈同舍

窮秋直省舍，大雨汗可畏。九河灑曾空，入夜愈恣睢。
置床東壁根，時有塗墍墜。颼颼勢將摧，怵惕不成寐。
中宵抱衾立，呼燭久方至。徒之近西偏，惆悵不能備。
飛蚊胡不仁，忍此加啄噬。避煩只深藏，悒悒面蒙被。
須臾漏轉劇，枕褥亦沾漬。雞起歘何之，室中無燥地。
展轉遂達旦，耿耿負憂悸。因思閭井民，餬口仰執役。
束手已連旬，妻兒日憔悴。囊錢與盎米，薪木同時匱。
敗衣不足準，愽手坐相視。予今幸已多，敢不自知愧。
無謀忝肉食，念爾但增欷。

送雷太簡

南山有白雲，應物任所適。欲來非有心，倏去還無迹。

甘澤沾浹日嘉生待蘇息無爲遽收卷復入巖間石

和介甫烘虱

天生萬物名品夥嘵爾爲生至幺麽依人自[illegible]食人性喜伏藏便垢涴晨朝生子暮生孫不日蕃滋踰萬箇透踈緣隙巧百端通夕爬搔不能卧我歸彼出疲奔命偹北驚南厭搜邏所禽至少所失多捨置薰燒死可奈加之炭上猶安然相顧未知亡族禍大者洋洋迷所適奔走未停身已墮細者懦怯但深潛乾死縫中誰復課黒者抱鬆亦憂疑逃入操頭夜相賀腥煙騰起遠襲人袖擁鼻端時一唾初雖快意中自咎致爾殲夷非爾過吾家篋笥本自貧況復爲人苦懦惰躰生鱗甲未能浴衣不離身成脆破朽繒壞絮

爲淵藪如麦如麻寖肥大虚腸不免須侵人肯學夷
齊甘死餓醢酸蟎聚理固然爾輩披攘我當坐但思
努力自絜清群虱皆當遠逋播

卷二十三　雜詩　葉一

增廣司馬溫公全集卷二十三

雜詩

獨樂園詩七首

讀書堂

吾愛董仲舒窮經守幽獨所居雖有園三年不遊目
邪説遠去耳聖言飽充腹發策登漢廷百家始消伏

釣魚菴

吾愛嚴子陵羊裘釣石瀨萬乘雖故人訪求失所在
三旌豈非貴不足易其介奈何夸毗子斗祿窮百態

采藥圃

吾愛韓伯休采藥賣都市有心安可欺所以價不二

弘景

如何彼女子已復知姓字驚逃入窮山深畏名為累

見山臺

吾愛陶淵明拂衣遂長往首辭梁主命犧牛憚金鞅
愛君心豈忘居山神可養輕舉向千齡高風猶尚想

弄水軒

吾愛杜牧之氣調本高逸結亭侵水際揮弄消永日
洗硯可抄詩泛觴宜促膝莫取濯冠纓紅塵汚清質

種竹齋

吾愛王子猷借宅亦種竹一日不可無蕭灑常在目
雪霜徒自白柯葉不改綠殊勝石季倫珊瑚滿金谷

澆花亭

吾愛白樂天退身家履道釀酒酒初熟澆花花正好

作詩邀賓朋欄邊同醉倒至今傳畫圖風流稱九老

和鮮于子駿八詠

桐軒

朝陽外東隅昭此庭下桐菶菶復萋萋君然古人風疎柯青玉聳密葉翠羽蒙午景凝餘清夕照留殘紅雨響夢棟外風生戶牖中主人政多暇步賞常從容終當致威鳳覽德鳴雝雝又將施五絃解慍歌帝宮

竹軒

茲軒長灑落歷歷種琅玕正晝簿書稀蕭蕭風雨寒疊陰涼宴坐疎韻永清歡錦籜裁夏扇玉筍供春盤晴蝸潛葉底暝雀投林端幽興遇物愜高懷隨處安且免一日無何須千畝寬

栢軒

凛然凌霜色本自生丘壑徒之君子庭栽培固不薄靜夜聲颼飀清晝陰漠漠秀氣逼簷楹翠影涵簾箔知君架棟材大匠偶未度但守歲寒心閑軒亦不惡

巽堂

華堂選形勝地直巽之隅主人心絜齊公閑此燕居西來故鄉客東過朝大夫時逢志所愜下榻同歡娛琴棋間壺觴賦詠雜歌呼民間既羲皇席上宜華胥每思就一醉幸無官守拘奈何三千里風埃與涯塗

山齋

幽蹊入桃李危棧蟠林麓行行忽虛敞高齋出山腹園圃近指掌郊郭紛盈目春老酴醾香夏淺篔簹綠

條橫青罽衣箏迸下穿屋秋江潑可卷冬嶺翠如撲
煙間漁艇小寒外村居獨遶轉望畬田響荅聆伐木
驚麏挺走險鳴禽嚶出谷物華時変更興趣日相續
誰知使者尊常著野人服肯以驅馬榮區區詫鄉族

閒燕亭

吏治正倥偬夫君何燕閒藹然既云寡符移皆可删
子駿奏減役錢幾半朝廷是之印封從事散蕭灑舁東山放杖坐危
亭清嘯出雲間無私席賓少志機林鳥還野人瞻彖
微啓首雙眉班

會景亭

景物浩無窮茲爲一都會之人心若鑑万狀靜相對
喬林擁砌底脩嶺倚床背歸雲過席上去鳥出天外

徐徐杖屨登蒨藹郊原㫁來往亦何爲逍遥真樂內

寶峯亭

孤亭冠山椒下視物不隔六合纔心賞万象窮目力髻鬟烏好翠衣帶嘉陵碧霞生白水尾日没九隴脊煙凝朝夕市塵飛往來驛雖復對紛紛何常改岑寂寶兼觀風遠非徒選勝適巴峽少田平每苦天宇窄及茲伏櫺檻坐瞰南北極先君昔乘軺名題古寺壁侍行尚垂髫孤露今戴白讀君登臨詩舊遊皆歷歷永無隳下歎終篇涕霑臆某天聖中侍先君爲利州路轉運使題名諸寺[illegible]皆爲之刻石

和聖俞詠昌言五物

括蒼石屏

主人小石屏得之深可歎括蒼道里遠致此良亦難
層崖萬仞餘騰出浮雲端吴兒采石時薜蘿蔓愁攀緣
石文狀松雪豪髮此天然置之座席旁清風常在顏
願君善藏蓄永日供餘閒慎勿示要人坐致求者繁
將使括蒼民吁嗟山谷間

淡樹石屏

昔行鞏洛間馬瘦天復陰寒煙淡不收一拂横長林
當時無畫工負此清賞心今朝石上迹歷歷皆可尋
輕素巳紛泊老幹仍蕭森坐令高興還野氣生衣襟
丹青不奈久風日易銷侵何如造化真更彼歲月深
昌言家素貧購此麻百金請鐫好事名千古無消沈

白鷴圖

白鶻曰邊來一息万里遥横飛碧海晴六翮寒蕭蕭輕如朔雪花迥與長風飄傾身疊紺爪吟嘯何孳嘵瞥来疾鷙電欻起先扶摇遂令狐與狸不敢矜凶姣罻羅不可取滅影還雲霄世人莫得見粉繪圖輕綃稟然堂牖間霜氣生春朝風雨夜如墨古木無鳴梟

懷素書

上人工書世所稀於今散落無復遺君從何處獲數幅敗綃蒼蒼不成軸雲流電走何縱横昏醉視之雙目明獵火燒林虎豹慄疾雷裂地龍蛇驚須臾挂壁未收卷陰風颯颯來吹面秖疑神物在闇中寶秘不令閑俗眼嗟余平生不識書但愛意氣豪有餘欲求數字置坐側安得滿斗千金珠

縛虎圖

孫生非畫師趣向頗奇偉為人少諧合不肯畜妻子
時時入深山信足動百里蕭然坐盤石盡日曾不起
精心忽有得縱筆何恢詭萬象皆自然神工相表裏
流傳落人間万金易寸紙君家縛虎圖用意絕精緻
雖云鎖細牢觀者猶披靡昔聞劉綱妻制虎如大豕
繫之牀脚間垂頭受鞭箠孫生儻未見畫此亦何理
明知非世人羽化實不死願君它日歸置之成都市
必有乘槎人庶幾能辨此

和聶之美鷄澤官舍詩七首

西齋

明府學既優所聞今得施四境已澄清還以書自怡

西齋幾黄卷治亰俱在玆

題廳壁

百里有民社古為子男國茍有愛物心稺老皆蒙德為身不為人鄙哉陶彭澤

縣樓

孤樓雖不高足以瞰四遠餉婦陌頭歸田夫桑陰飯頑吏省追胥匆令農事晚

葦

索索夕風遵瀼瀼朝露亳丧卓雀梟寒枝宿螢依敗菜則然秋興長坐與江湖接

柳

驛道苦車馬田廬悲斧斤誰栽官舍前老朽完天真

所願明府心庇樹如庇人

向城路

村路煙散瞑行人殊未稀借問往來者營營皆有為

乃知市朝客趣務良可悲

懷翠亭

高齋對秋山平望殊不遠雖違獨往心蒼蒼長在眼

可嗟都邑遊終日紅塵滿

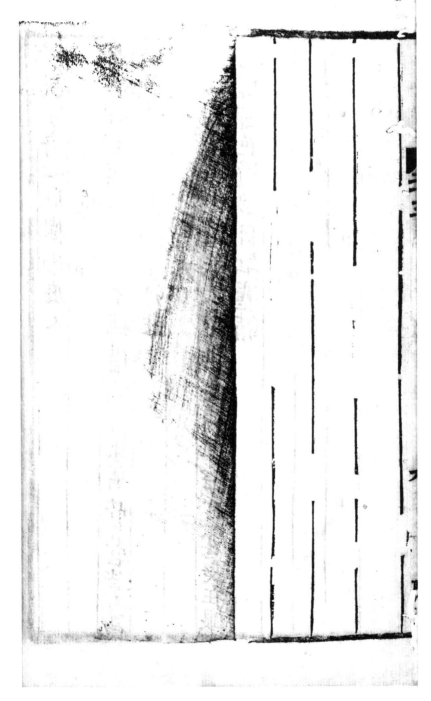

增廣司馬溫公全集卷廿四

雜詩

伏承

景文示以議交絶句謹和韻

邇來友義漸隳頽直諒多聞貴不回勢利相交何足道已知餘耳愧陳雷

和端式十題

春塘水

春塘含薄氷淅瀝隱隈曲晴日射寒芒柔風折哀玉草樹曾未知波光已先緑

煙際鍾

蒼茫返照收暮靄歷寒煙起前山巔同色不辨峯巒美
獨有遠來鍾悠揚翠微裏

汀洲蘋

秋江淡蕩波波急枝難定參差碧葉繁皎潔寒花靜
幽人吟不歸猶立汀洲暝

寒谿石

穹石正嶄巖寒流更清急霜飛敗葉擁波濺蒼苔濕
谿僧勿剷來沙鶴方孤立

幽谷泉

罙谷窅無底空聞泉水哀時因秋月照微見碧縈迴

秋原菊

高原何摇落叢萌始滋榮草際浮金碧照人雙目明
何須天生理玉斧泛餘英

漁舟火

漁翁繫葉舟遠映楓林宿手携雙白魚呼見輿峃竹
深夜寂無人明滅寒江曲

垂崖籐

山竹引春根垂透蒼崖底綢直老龍鬚倍粟脩虬尾
支郎雖畜馬不忍裁為筇

古木陰

古木夏陰薄蕭晝葉微豈無綠樹濃愛此風煙姿
高僧此休息肩倚瘦筇枝

天外峯

飛鳥去不息長空點何極踈峯帶夕暉點綴秋天碧
禪觀坐超然相望兩沉寂

和何濟川漢州西湖雜詠十七首

清風臺

太守金閨客天朝應對才非因板輿戀寧駕使車來
水鑑秋毫盡霜花錯節開清風徧千里不獨此高臺

竹月亭

燈火動漁磯湖邊過馬稀孤蟾久未上五馬不成歸
長嘯風生座高吟露滿衣閒情無日厭岸幘對清輝

藥圃

三蜀膏腴地偏於藥物宜小畦千種聚春雨一番滋
山相懸多識桐君未徧知佗年似胡廣養壽復扶衰

竹塢

二何迹相繼竹塢日陰林臨川詩注云前守何偕撰不伐而湖竹余亦遵之

欲識養民意先觀愛物心低垂搏組令密映管絃深

勿怪湖光少年年碧影侵

射堋

疊鼓花前急紅旌竹外高鸛飈分白羽餘響音振烏號

壯觀傾春陌讙聲隔夜濤因兹形禮俗豈獨事遊遨

王徽亭

房公昔漂泊置酒此鳴琴人事有興廢山光無古今

風流俱寂寞結構尚蕭森松竹含虛籟猶疑絃上音

書樓

使君有書癖記覽浩無涯況此孤樓迥端無外物譁

橫肱歌曲几搔首落烏紗此趣生誰識長吟窻日斜

朔會堂

朔旦集僚吏茲堂暮[illegible]舞空孤鶴下映日兩鳧翻

浮醳亭

曲水華檐下浮觴去復還浪搖花影碎日射酒紅殷

滅沒搖尋客徘徊去度灣窮歡不知醉清泚照心顏

清燕亭

波澄蔭群木末日湛清華碧藤靜秋色白蘋低晚花

松聲工醒酒泉味最便茶外事付丞掾無妨風景嘉

流芳橋

橋下流芳度餘春日夕催呼人洗罇斝招客藉莓苔

倚柱聽流澌隨波乍往回仙家如不近安得此花來

晩景亭

簾櫳分晩色遠樹子規啼濃露侵衣冷晴煙壓水低
神遊靈境健身入畫圖迷衙吏無煩報汀洲鷺正棲

假山

廣漢土平遠巳嫌丘壑疎呼工刻巖洞應手出庭除
縹緲神仙宅嵌空虎豹居人功與天力秀絶兩何如

採花橋

橋邊春意近五馬屢徘徊湖水旦暮綠林花早晩開
適因嘗酒到又為賦詩來借問雙華表經過日幾回

樂軒

繁絃凝淥水疊鼓撩漁陽風結舞初急塵飛歌正長
鳧鷖争上下棟宇為低昂太守且安坐新聲未遽央

坐舡

使君張皂蓋高宴碧湖心荇蔓牽茭蔓猶泊柳陰
晚風侵坐冷春浪沒篙深倒載歸何晚波間久照沈

批把洲

周官斂珎味塲人掌国之塲圃而樹之果蓏珎異之物以時斂而藏之鄭康成曰珎異蒲桃批杷之屬漢宛結芳根初修上林苑群目遠方各獻名果異樹有批杷十株何意荒洲上猶餘嘉樹存犯寒花已發迎暑實尤繁願逐蒲萄使離宫奉至尊

壽安十首

噴玉泉

蒼崖雙起秋雲齊乱峯迸出如攢犀石稜齜不容馬蹄下馬步入荆榛蹊瀑白水沃雪拖白霓落潭横引成

清溪老木長藤咫尺迷興闌欲出忘東西

神林谷

石下泉聲蔓草深石上露濃莓鮮遍山禽驚起飛且鳴葉墜空林人不見

又

鷄犢奇峯雲外出青壁千尋不可上却羨樵兒輕險巇罥緪操斧常來往

遊神林谷寄邵堯夫

山人有山未嘗遊俗客遠來仍久留白雲滿眼望不見可惜宜陽一片秋

靈山寺流泉

去寺猶一里潺湲聞水聲坐客乘興山下遠相迎

晏遊

遊人戀山水日晏遂忘歸但愛雲煙好那知僕馬飢

示濟濮

洛水寒可涉長冰斲飛葉節物先無期自與幽懷愜

又

清波見白鷗淨林聞啄木泉細入平沙雲閑出幽谷

靈山寺

梓林興盡謀早歸草間露裛行徑微忽思靈山去一不遠馬首欲東還向西棄鞭縱轡尋山足洛水逶迤過數曲漸聞林下飛泉鳴未到已覺神骨清入門拂去衣上土先愛婆羅陰滿庭庭下靈泉走清澈羅縠成紋日光徹寒聲淅瀝入肝髓亂影飄蕭動毛髮寺僧

引我觀泉源堂東周廻百步寬碧顔黎色湛無底
想像必有虯龍蟠泉南高山名鳳翅宛轉抱泉張邊
勢岸傍脩竹踰万竿颯颯長含風雨氣寺門下望清
谿然桑柘紛披滿一川嵩高女几列左右王屋太行
來掌前昔為孔氏懸泉莊巖洞猶存荆棘荒到今其
下多怪石能蹲豹躑爭軒昂嗟乎歸來若不早汨没
市朝行歆老捫蘿躡屐須數遊筋力支離難自保

藏珠石

水齧東山根土色渥如丹危峯忽摧脫半崖銜石丸
陰陽昔融結神化不可原初疑僊佺養靈藥魑魅忽
觸無故落又疑蛟龍從巨卵雷電擊之從此假或者
女媧補天餘却上青冥遺耳珠不然盤古戲為樂聊

取長弧彈朱雀物理乃狀終難知心推外求徒自疲
不如引客坐石上好竒且醉手中巵

南園五首

見山臺晝卧偶成

移牀獨上高臺卧颯颯涼風吹面過林蟬忽噪驚薄
夢手執殘書幅巾墮

修酴醾架

貧家不辦構堅木縛竹立架擎酴醾風搖雨漬不耐
久未及三歲俱離披往來遂復廢此徑舉頭礙冠行
絓衣呼奴改作豈得已抽新換故拆四離來春席地
還可飲日色不到香風吹

螢

林塘荒濕地向夕巳飛螢月沒蛩吟砌霜凝人在庭
隨風疑落燼過水乱踈星學子燈前寢誰將爾照經

明叔家瑞蓮

君家得蓮種遠自浙江湄明燭燃深盌濃朱畫細絲
盛開尤菡萏到落不離披豈獨夏花好仍兼秋實奇
味長包不容殼嫩剥燕脂况復芳菲久霜前殊未衰

蓮房

蓮芳前後熟供敢不須齊肉嫩山蜂子稜深天馬蹄
尚連餘葉在深映乱荷低脆美知新采近根猶帶泥

和安之家園四首

野軒

黄鷄白酒田間樂藜杖烏巾林下風更若食芹仍暴

背野懷併在一軒中

汙亭

雜花乱種盤渦底小屋深居鑑燧心朝市囂聲那得到晨昏暑氣不能侵

藥軒

雨餘條甲繞皆生往往桐君昔未名來貯不須勤暴藝秋陽日日滿簷楹

晚暉亭

俯臨城市獻謳謌回顧園林景更嘉醉立斜陽頭似雪往來誤認白公家樂天西樓獨立詩云身著白衣頭似雪時時醉立小樓中路人回顧應相怪十餘年來見此翁

看花絶句四首

洛陽相望盡名園牆外花勝牆裏看手摘青梅供按
酒何須一一具杯盤

又

洛陽相識盡名流騎馬遊勝下馬遊乘興東西無不
到但逢青眼即淹留

又

洛陽春日最繁華紅綠陰中十萬家誰道群花如錦
繡人將錦繡學群花

又

南園桃李近云栽傍水未乾花已開山果野蔬隨分
有交遊不厭日頻來

獨樂園二首

獨樂園中客，朝朝獨閉門。端居無一事，今日又黃昏。

又

客到暫冠帶，客歸還上關。朱門客如市，豈得似林間。

初夏獨遊南園二首

取醉非無酒，忘憂亦有花。暫來疑是客，歸去不成家。

又

桃李都無日，梧桐半死身。那堪衰病意，更作獨遊人。

增廣司馬溫公全集

卷之六十四終